# がんでも生き残る。

## 余命宣告を覆した奇跡の実話

満尾圭介

妻・夏絵と一人息子・龍星。一緒にいるだけで幸せ！　順風満帆なサラリーマン生活。しかし、龍星が２歳の時に事態は急変したのです。

僕は、保険会社の営業マン。美味しいものが大好き！　東京へ出張した時の写真。
まさかこの２日後に「白血病」と宣告されるとは……。

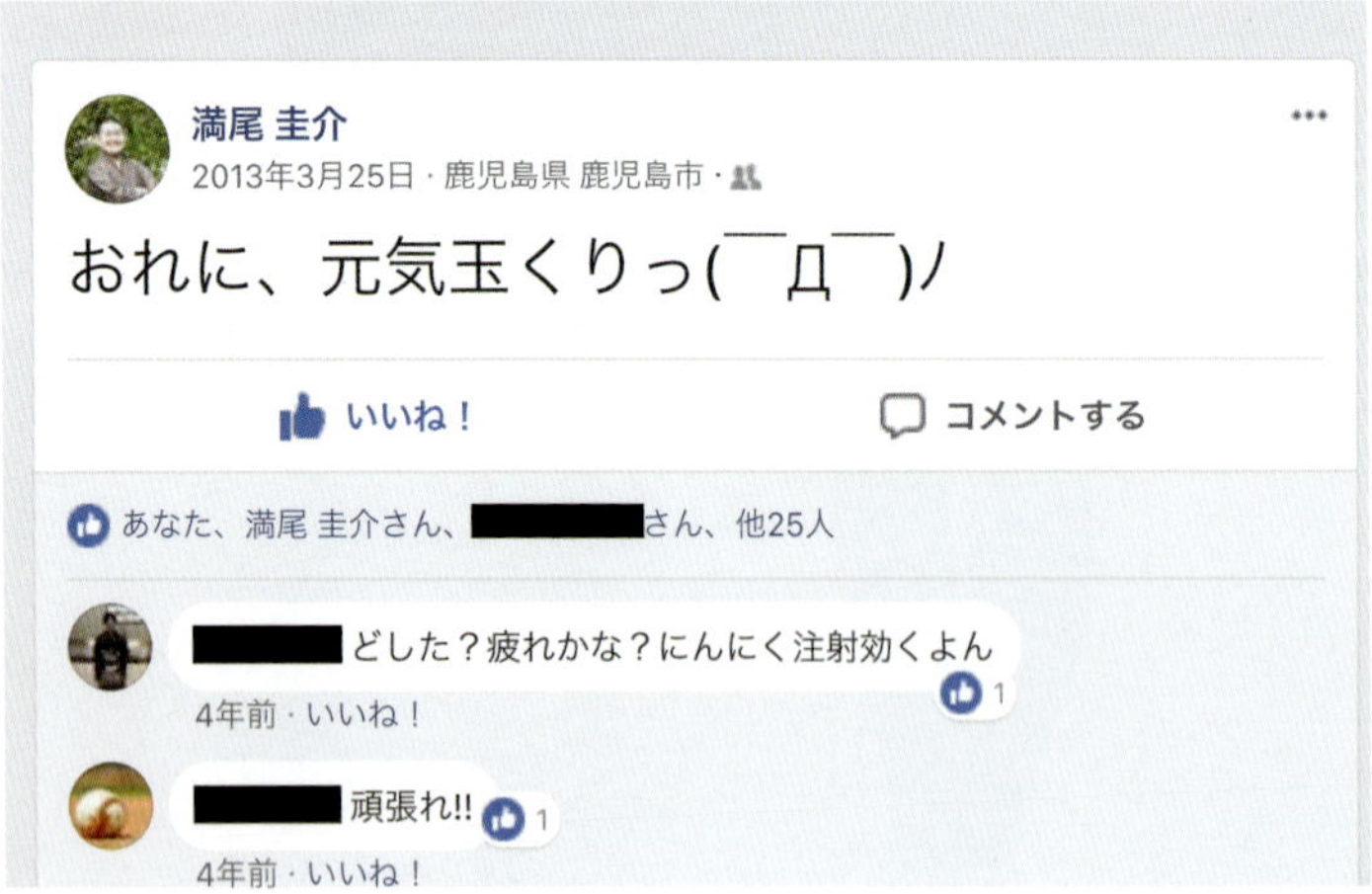


「白血病」を宣告された当日に投稿したフェイスブックの画面。さすがに皆には正直に言えなかった。この日から“元気玉”たくさんもらったな〜。

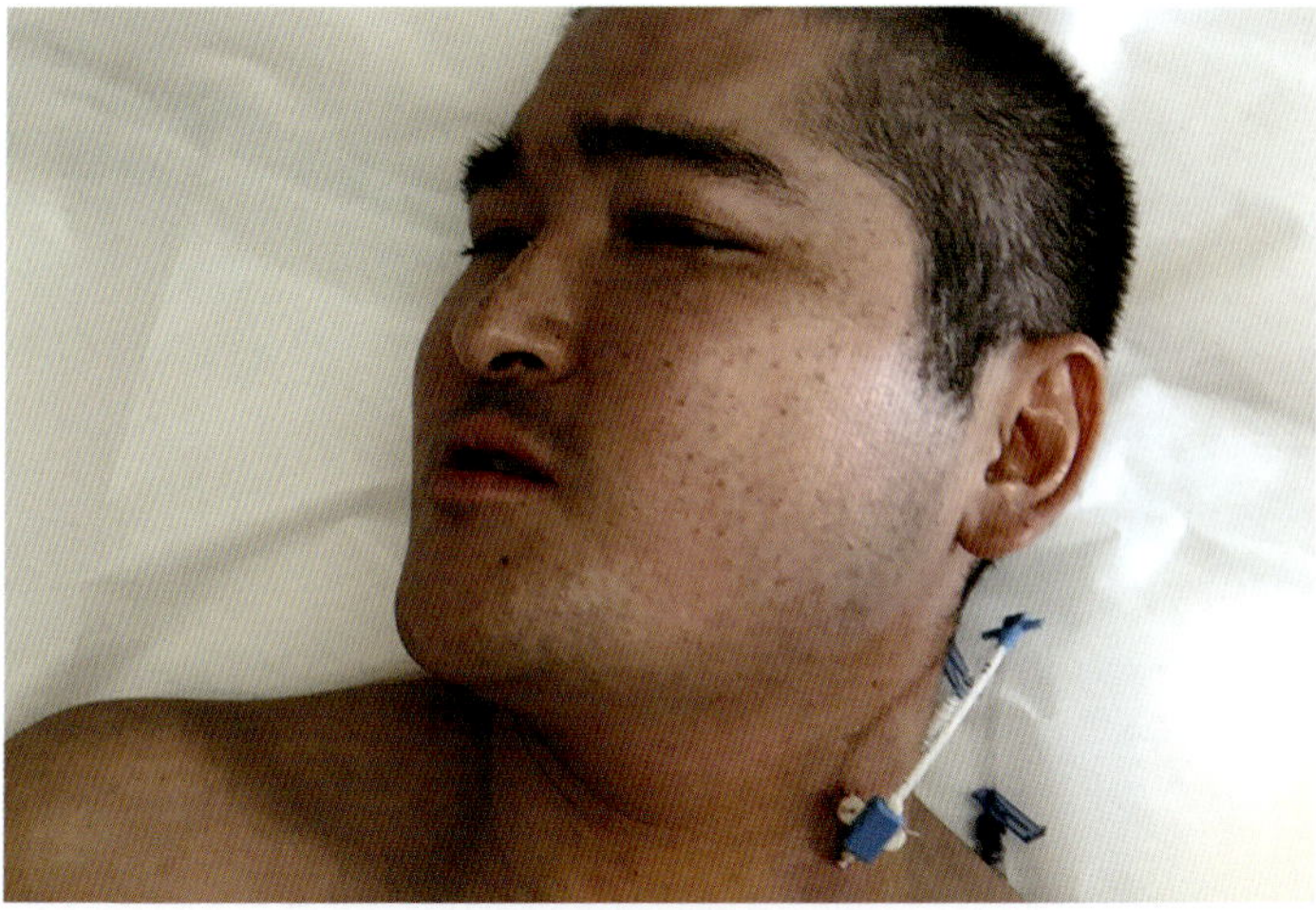

点滴用のカテーテルを首に入れられる。猛烈な吐き気やだるさが襲ってきます。
耐えねば！

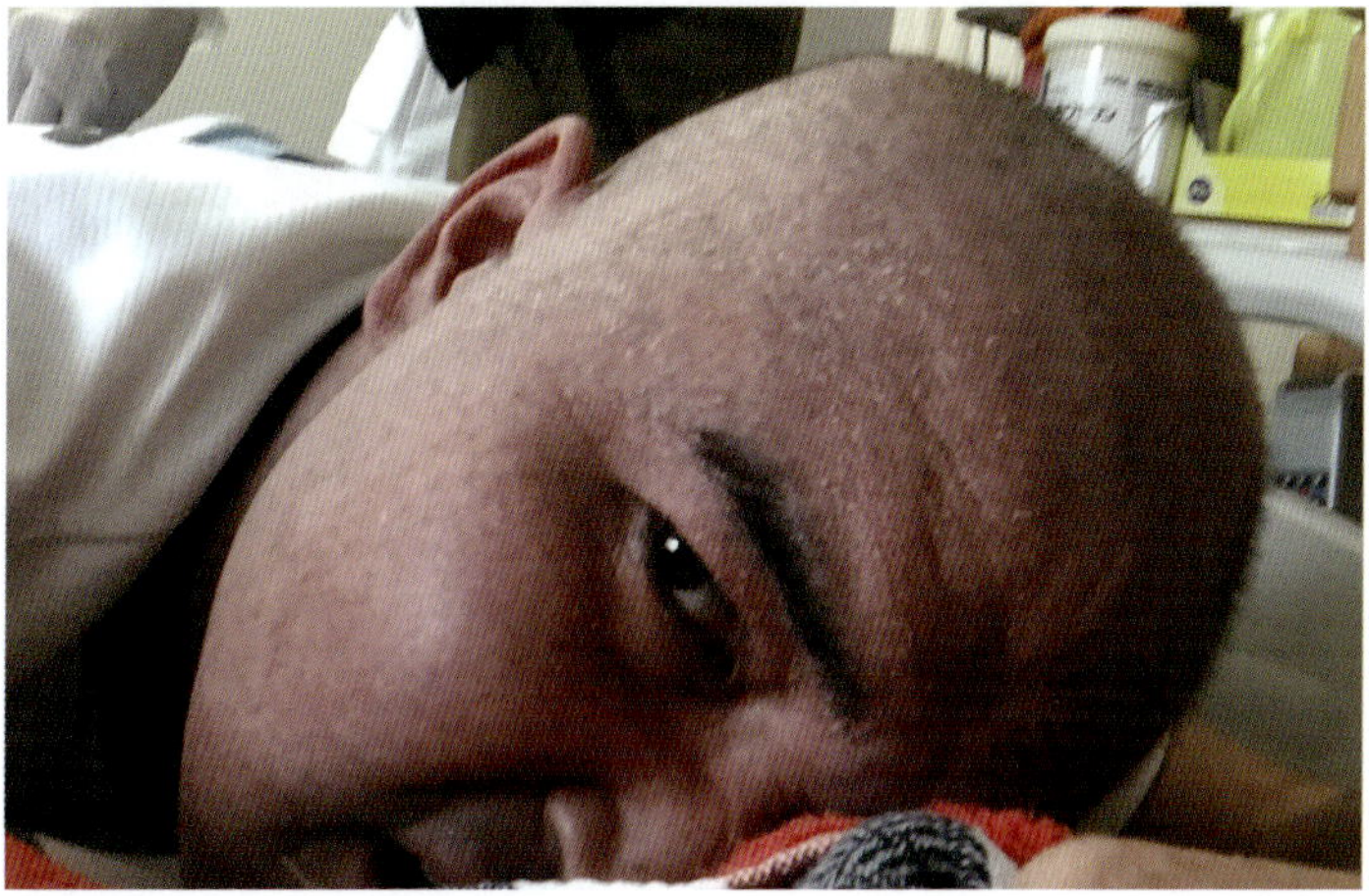

「血液のがんです。今すぐ入院してください」
待っていたのは過酷な抗がん剤治療。本当につらい……。

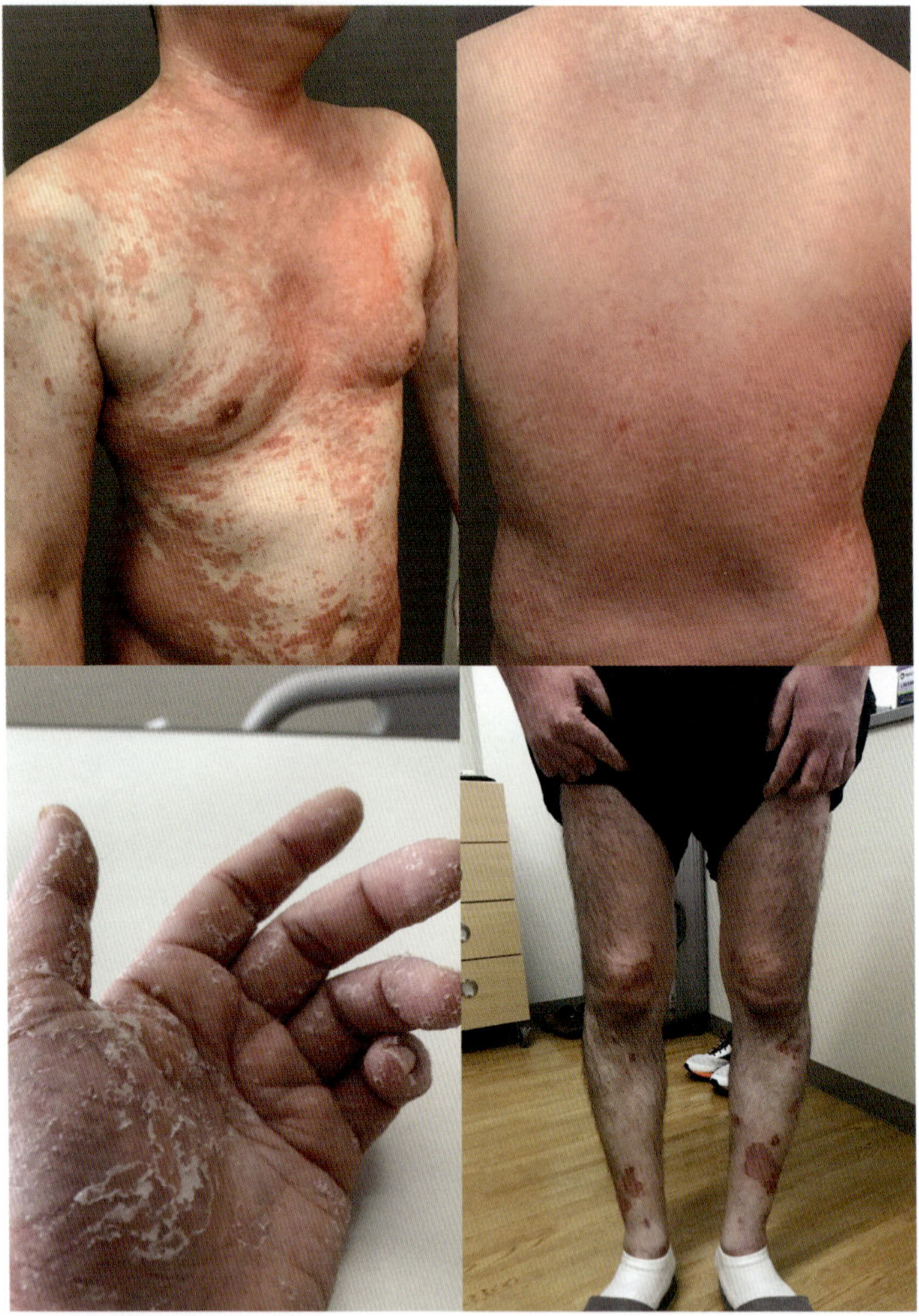

皮膚の炎症との戦い。どんどんどんどん、皮膚が弱ってただれていく。毎日全身にワセリン・ステロイド軟膏（混合）を塗ってくれる妻。感謝の言葉しか出てこない。

ついに念願がかなった！　龍星のランドセル姿！　2013年の白血病発症時２歳だった子が、2017年４月、小学１年生になりました。

「メリークリスマス！」同じ無菌病棟で出会った19歳のＳちゃん。
この笑顔に何度救われたことか。

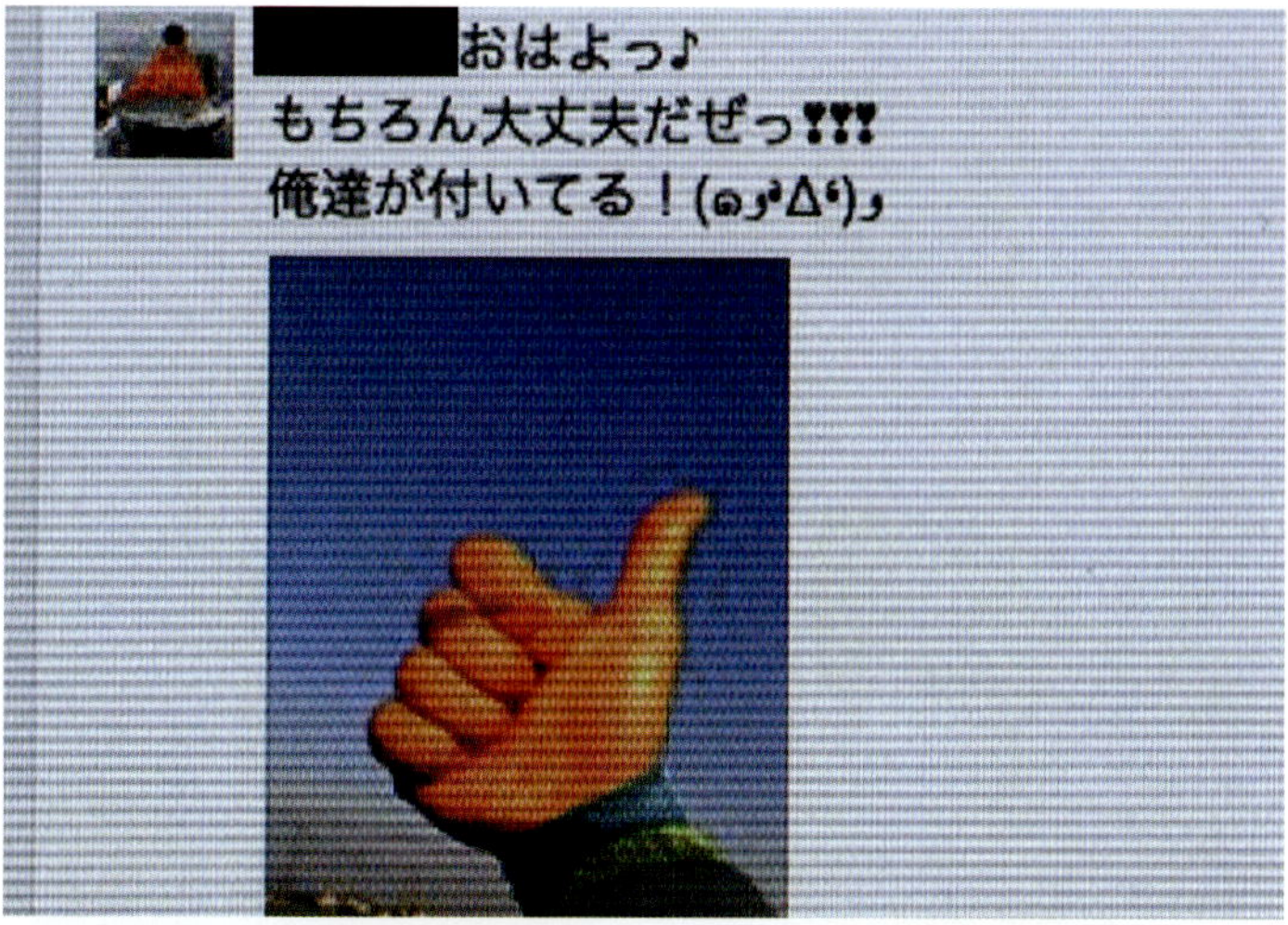
[redacted]おはよっ♪
もちろん大丈夫だぜっ!!!
俺達が付いてる！(๑و•̀Δ•́)و

2015年3月30日 5:53 · いいね！を取り消
[redacted]みつおさん
うん、大丈夫
フレーフレー
みつおさん
待ってるからね＼(^o^)／

骨髄移植直前、とてつもない不安に襲われる中、続々と届けられる応援メッセージ。
気持ちが繋がるっていいね！　僕は独りじゃない！

# 満尾圭介　これまでの歩み

１９７５年１月18日　0歳
鹿児島県にて満尾家の長男として誕生。
小さい頃はいじめられっ子だった。
弟・晋介とは幼少期からずっと仲良し！

１９９９年３月～　24歳
鹿児島経済大学 経済学部経済学科 卒業後、
南九州サンクス株式会社へ入社。
コンビニ店舗開発の営業マンとして昼夜かけ回る！

２００３年９月28日　28歳
中学校の同級生だった夏絵と結婚。

２０１０年７月31日　35歳
長男・龍星が誕生。

２０１１年７月～　36歳
ＡＩＵ損害保険株式会社へ転職。
前職の経験を生かし、営業マンとしてバリバリ働く！
仕事もプライベートも充実した日々。

2人兄弟の長男

結婚

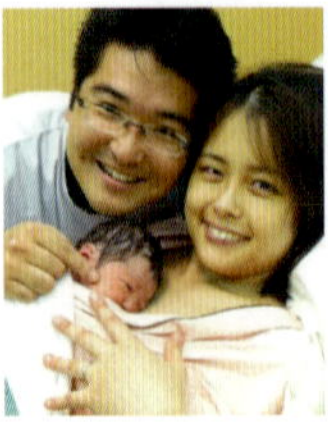
龍星誕生

2013年 3月25日　38歳
急性前骨髄球性白血病と診断。

2013年 9月28日
抗がん剤治療により完全寛解、退院。
その後、仕事復帰。

2014年 2月14日　39歳
再発して入院。
4か月後、AIU損害保険株式会社を退職。

2014年 8月2日
寛解し、退院。

2014年 10月21日
再々発。九州大学病院へ入院。

2015年 3月30日　40歳
ドナー待ちを経て骨髄移植。

2015年 7月4日
寛解し、退院。

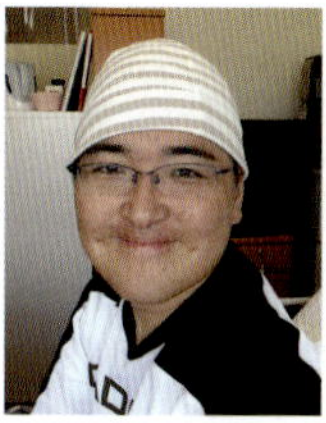
緊急入院

再々発。見送る家族

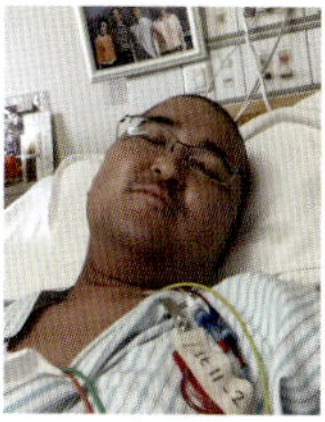
骨髄移植

# がん患者さんと、ご家族の気持ちがわかる本です。

九州大学病院　血液・腫瘍内科　宮本敏浩医師

私のもとで白血病の治療をしていた満尾圭介くんが、病を克服した体験を活かして、本を出版することになりました。患者様の立場から書かれていて、今、闘病中の方や、ご家族にとっても参考になることばかりです。私たち医師も驚くことが、たくさん書かれていました。

実は、私の幼なじみも小学校卒業と同時に白血病を発症して、そのまま大学病院に入院したのです。幼稚園からずっと仲が良かったのに、一度も会わずに、中学1年の夏に亡くなりました。死への畏怖など無縁でしたが、突然、友達がいなくなる死の存在に、おびえるばかりでした。白血病とは何なのか？　疑問と強い衝撃を覚えたのです。

そして、多感な高校時代、ユーミン（松任谷由実さん）の名曲『雨に消えたジョガー』に出合います。主人公は陸上部の女子マネージャーで、陸上部員の恋人が突然、骨髄性白血病で亡くなります。彼は病名も知らないまま……という、切ない曲です。私は「医師になりたい」ではなく、「白血病を治す血液専門医になりたい！」と、そう強く思いました。

現在の私は、九州大学病院で白血病の治療に全力で取り組んでいます。しかし、どれだけ医療スタッフががんばっても、結局は、患者様本人の努力に負う部分もかなりあるのです。寛解して明るく笑う満尾くんですが、抗がん剤治療を受けている時は、想像を絶するつらさと闘ったのです。奥さんや小さな子どもさんなど、ご家族の笑顔を取り戻すために一生懸命な姿を見ていると、誰もが応援せずにはいられません。

そんな満尾くんの気持ちが詰まったこの本が、一人でも多くの人を救うことになってほしいと願います。

●宮本敏浩（みやもと としひろ）先生は、セカンドオピニオンを頂くために九州大学病院の血液腫瘍内科を訪れた時以来の主治医です。この先生との出会いが運命を変えました。2014年３月から2017年３月まで、日本造血細胞移植学会の理事を務められるなど、白血病の権威です。

#「命の残量」。

日蓮宗　華光寺別院　瀧本光静氏

「突然のメッセージ失礼致します。いつも先生の書や絵をみてパワーを頂いています。僕は、いつか先生に会うことを目標に白血病と闘っています。お友達になってください」

２０１４年5月の夜にこのメールを受信。それが圭介でした。

以来、コンタクトが始まり、私自身も解離性大動脈瘤という病があるので「長生き比べやね」、「わぉ！　僕、負けませんよ」そんな流れで私が描いた仏様の絵を病院に直接持っていくことに。

しかし、無菌室への入室は家族のみ可。姉になっちゃおうか？まさか愛人？と楽しいメールを交換。結局「圭介の叔母です大作戦」で12月、彼とご対面ハグ、そして「命の残量」という演題でプチ法話会を開催しました。この場をお借りしてシェア致します。

「私達の命は残量が見えません。携帯のバッテリーや車の燃料、ボールペンに至るまで、あらゆるものは残量がわかるようになっています。そのお陰で計画的に使えますが、肝心な命だけは残量が見えない。言い換えれば突然の終了を迎えるのです。大宇宙により設計された完璧な我々の体に命メーターが搭載されなかった理由、それはいつ終了しても納得できる、今を大切にする生き方を実践させるための仏様の粋な計らいなんだよ」と伝えると、彼はうん、うんと頷いていました。その真理を見事に実践した彼の生き方に本書を通して触れていただくと、未だ見ぬ未来への不安より、今私達の周りにあるささやかな幸せたちに気づいていく、そんなきっかけになることでしょう。目覚めることができた今日は、目覚められなかった方々が切望した貴重な一日。心して歩みたいものです。愛あふれる主介とのつながりに心から感謝申し上げます。

●瀧本光静（たきもと こうせい）先生は尼僧ですが、もともと美術大学を出られた書画家です。30代で得度され、仏道へ入られました。僕が白血病を発症したのと同じ2013年に、解離性大動脈瘤という大病で倒れられたそうです。入退院を何度も繰り返しながら、幸せに生きる人を増やしたいと病床から立ち上がり、全国で講演活動をされています。骨髄移植後に鹿児島市で開催した僕の退院祝でも講演していただきました。今回、僕のために仏様の絵を描いてくださいました。

# がんでも生き残る。

―余命宣告を覆した奇跡の実話―

満尾圭介

本書に記載されている制度・統計などに係る情報は2018年3月31日現在のものであり、その後の法規改正その他の事由により変更される場合があります。最新の情報は、関係省庁もしくは行政機関の担当窓口にご確認ください。

# はじめに

## 「自分の家族へ、そしてすべての患者さんご家族へ」

この本が、白血病のつらさを語るだけの闘病記なら、書きませんでした。また、自分の家族に「ありがとう」を伝えるだけなら、再々発から骨髄移植という大変な状態で、出版する必要もありません。「がんを克服した記録を、患者さんやご家族のために役立つ本としてまとめたい！　そして体験した人にしかわからない、がん患者さんの気持ちに寄り添いたい！」。そんな思いで、「がんでも生き残る。──余命宣告を覆した奇跡の実話──」を執筆してきました。

妻と息子と暮らす、ごく普通のサラリーマンだった僕。これから40歳に向け、様々なことにチャンレンジしようという気持ちでいた2013年3月、人生が大きく変わってしまったのです。前の週に受けた検査の結果を聞きに月曜に病院に行くと、「白血病です。このまま入院です。一旦帰りたい？　ダメです。もう病院から一歩も出られません！」。そこまでひどい状態なのか？　なぜ自分が？　子どもはまだ2歳なのに？　今までの人生で感じたことのない衝撃でした。

突然始まった、無菌室での入院生活。「先生、来てください！」。同じ部屋にいた患者さんのカーテンが閉じられ、看護師や医師があわただしく動き出す時があります。家族の泣きわめく声。翌朝、そのベッドには誰もいない。もしかしたら、自分も……。心が折れそうになる日々でした。

いつ終わりがくるかわからない入院生活。もちろん、タダではありません。医療費のことも頭から離れません。それが現実です。どんどん追い込まれていきます。

毎日、献身的に看病してくれる妻に対してさえ、「元気なおまえに、僕の気持ちがわかるものか!!」と、矢のような言葉を投げたこともあります。身内に、がん患者さんがいらっしゃるご家族の皆さんは、どう接したらいいか困るでしょう。そんなご家族にも、この本は役立てていただけると信じています。

日本人の死亡原因の1位は、「がん（悪性新生物）」です。厚生労働省の「2016年人口動態統計」では、がんで亡くなるのは3人に1人。発症する人は、もっと多いはずです。すべてのがん患者さんに参考にしていただきたくて、抗がん剤の副作用への対処など、実体験から得た具体的なハウツーも盛り込みました。

僕が、がんでも生き残ったのは、決してラッキーだったのではありません。情報を集め、工夫と努力を重ねた結果です。九州大学病院に入院中は、主治医に驚かれるほど、がんばりました。「闘病」という言葉がありますが、敵は病気ではありません。つい負けそうになる自分との闘いです。毎日毎日、少しずつ、少しずつ。その小さなことを続けてきたことが、大きな分かれ目になったと思っています。それを皆さんに役に立てていただくことが僕の使命、まさに命の使い道だと今、感じています。

生き残るために、今、何をすべきか。この本から、そのヒントを得て、一つでも実行していただければ嬉しく思います。

がん患者さんと、そのご家族の皆さんへ、胸に満つるほどの敬意をこめて。

満尾 圭介

## 目次

## 第二章　恐れていた再発と骨髄移植 …… 47

# 第一章

# 突然の発症、そして緊急入院

# 1. もう病院から一歩も出られません

妻、そして2歳の息子と過ごす、穏やかな日々。そこに突然「あなたは白血病です！もう病院から一歩も出られませんよ！」という言葉が降ってきました。2013年3月25日、月曜日のことです。

その6日前の火曜日、腰を釘でグサッと突かれたような激しい痛みに襲われたのです。当時、保険会社の営業マンだった僕は、その週の金曜から日曜の3日間、東京出張の予定でした。実は、成績優秀者として表彰式に出ることが決まっていたのです。だから痛みがひどくなるとまずいと、すぐ鹿児島市内の病院を受診しました。でもその日は、「特に問題ありません」と言われたのです。

しかし、受診から2日後の木曜日の夕方、一本の電話が入りました。「少し気になるところがあるので近いうちに受診されてください」と看護師さんからでした。僕はその連絡を受けましたが、腰の痛みがおさまっていたのと、せっかくの表彰式を欠席したくないという思いもあり、翌日の金曜日、鹿児島空港から羽田空港へ向かいました。まさか不測の事態がこの後起きるとも知らずに……。

無事表彰式を終え、東京に住む弟と祝杯をかわしました。

そして、鹿児島へ帰る日曜日。普段なら東京滞在をギリギリまで楽しみます。しかし、微熱が続き、次第にだるさが増してきたので、夕方の便の飛行機でしたが、午前中から空港の待合所へ行き、ぐったりして、やっとの思いで鹿児島へ帰りました。


翌日の月曜日。妻子のいる自宅を出て、出社。朝礼を済ませた後、9時30分に予約なしで病院に行き、精密検査を受けました。そのわずか1時間後、こう告げられたのです。

「満尾さん、検査結果は80％急性前骨髄球性白血病です。血液のがんです。今すぐ入院してください」

「先生……本当に白血病なんですか……？」

今までの人生で、何の縁もなかった白血病。「ガーン！と頭を殴られたような」という表現がありますが、まさに〝白血病〟という言葉で頭を殴られたような気分でした。今まで築き上げてきたすべてが、崩れていくような感じでした。

しかし、なんとかして入院は避けたい！　こういう時、人間は、とりあえずこの場から逃げれば助かるのではないかと淡い期待を抱いてしまうものなのです。僕は医師に、

「せ、せ、先生、仕事の、引き継ぎをしないと……」

と言いました。しかし、

「今日から抗がん剤治療しないと、時間がありません。もう病院から一歩も出られません」

僕の白血病のタイプだと、もし事故などに遭えば、すぐさま、〝死〟が待っているのです。血が止まらないためです。家に帰ることは不可能です。僕は、

「先生、まだ子どもが……2歳なんです……」

言いながら、涙が溢れました。結婚7年目で授かった一人息子、龍星の顔が浮かびます。なんで、なんで、龍星はまだ2歳なのに。なんで白血病？　なんでがん？　パパまだ死ねないよ。死にたくない……。龍星のランドセル姿も見ていないのに。

白血病と言えば不治の病い、イコール死。マイナスのことしか頭に浮かびません。死の恐怖が迫ってきます。わずか数時間前に抱いた息子の温かみに、もう触れることができないかもしれないなんて……。

病院から、「ご家族に説明しないといけないので、呼んでください」と言われました。涙がおさまった頃、妻の夏絵に電話。手が震えます。詳しくは言わず、

「すぐ来てくれ」

その時、妻は冷静でした。「何か大きな病気が見つかったんだな」と感じたそうです。

妻と二人で、待合室で検査の結果を待つ間、僕は、

「なっちゃん、白血病になっちゃった……。ごめんね……。今からすごく大変になるけど、ごめん」

と謝ったことしか覚えていません。

しかし後で妻に聞いたところによると、僕は、

「やりたいこといっぱいやってきたし、後悔はないよ」

など次から次と、止めどなく話していたそうです。妻は、

「いつもと違う。やっぱり動揺しているのね」

と感じながら、黙って寄り添っていてくれました。

その時、妻は、実家への連絡や入院時に必要なパジャマなどの準備を考えていたそうです。白血病という怖さや不安はあまり感じなかったと言っていました。自分の夫が血液のがんだとは、受け止めきれなかったのかもしれません。

会社にも電話で報告しました。

「すみません。白血病になり、今日から緊急入院になってしまいました……」

その日のうちに、上司である支店長が病院に面会に来てくれました。

最後に実家に電話。母が出ましたが、すぐに「お父さんに代わって」と告げました。専業主婦の母は、とても弱い人です。息子が自分より先に死ぬかもしれないという話に耐えられないと思ったのです。

「落ち着いて聞いて。落ち着いて聞いてね」と繰り返した後、僕は震える声で、「大変なことになっちゃった。ごめんなさい……。白血病になってしまった。ごめんなさい……」

涙しか、ありません。父は、

「わかった」

と、どっしり構えたふうに一言だけ。その後、母にどのように伝えてくれたのかはわかりません。どう伝えても、母の動揺は、はかり知れないものがあったと思います。

急に仕事に穴をあければ当然会社に迷惑がかかるので、本当に申し訳ないと思ったのは事実です。一方、妻や父に対しても、「ごめん」という言葉が出てきたのは、「夫は妻より稼ぐのが当たり前」、「長男は頼りになる存在であるべき」という気持ちがあったからだと思います。それができなくなる自分が、悔しくてたまりませんでした。

最初に「白血病」と電話で聞いた時どう感じたか、後から父に聞きました。

「もう何も打つ手はないと感じたんだ。知り合いの奥さんが白血病で、告知から間もなく亡くなり、そのお葬式に行ったことがあるから。白血病とは進行が速いというイメージしかなかった。だから、こんなに何年も闘病してきた息子は、本当にすごい。本当にがんばっていると思うよ」

動揺しながらも、父が冷静に対処してくれたおかげで、母はどれだけ助かったでしょうか。

桜島から昇る朝日。見慣れた風景だけど、無菌病室から望むと「ああ、生きている。今日も桜島が見られてよかった」と、命あることに感謝せざるを得ません。

column

## 急性前骨髄球性白血病とは？

がんにも色々あるので、まずは自分の病気について調べましょう。僕は、「白血病」と宣告されて初めて、白血病について調べました。

僕がかかったのは、「急性前骨髄球性白血病」（APL：Acute Promyelocytic Leukemia）です。白血球（顆粒球）になる血液細胞（前骨髄球）に遺伝子異常が起こって、本来なら白血球（顆粒球）になる血液細胞ががん化する白血病です。

がん化した白血病細胞はどんどん増殖して、骨髄を埋めつくし、末梢血中にあふれ出します。この異常により赤血球・白血球・血小板といった正常な血液細胞がつくれなくなるために、倦怠感、発熱、赤い点状の出血斑、鼻血などの症状がでます。僕も白血病と診断された時や再発時にやはり同じ症状がありました。

僕の白血病のタイプは、他の白血病に比べて、非常に出血しやすい特徴があり、以前は最も治りにくい白血病の１つでした。しかし、血液の凝固を抑えるビタミンＡの１つであるオールトランス型レチノイン酸が用いられるようになり、治療成績が格段に改善しました。今は、望みがあります！

## 2. 必ず乗り越える。ランドセル姿を見るまでは死ねない

入院してすぐ、抗がん剤の投与が始まりました。副作用がつらいとは聞いていましたが、これほどとは……。副作用に耐え切れず、抗がん剤治療をやめる人もたくさんいます。とても自分ひとりで、がんばれるものではありません。

抗がん剤を投与する治療は、山あり、谷あり、崖っぷちあり。凹みあり、凹みあり……。無菌室という状態であるため、子どもは病室に来れないという現実。いつも写真で龍星の顔を見て、朝に気力を入れる。その繰り返し。でも不安になる……。本当に大丈夫かどうか…。何度も生と死と向き合い、不安になる……。独りぼっちの夜が襲ってくる……。同室になった、つい先日までお話ししていた患者さんが、次から次へと亡くなる現実……。でも自分は負けない。こんなところで負けられない。

どんなにきつくても絶対に、龍星の笑顔だけはパパが守らないといけない！　龍星のランドセル姿が見たい！　あと4年、なんとしても生き抜いてやるぞ！　そのためなら、パパはどんな治療でもやり抜くぞ！　その思いが、つらい入院生活を耐え抜く原動力になり

ました。苦しい時、不安な時もあります。しかし、家族のもとに絶対帰るんだ！という強い思いが、背中を押してくれたのです。

「自分のため」と思うと限界がありますが、「守るべき大切なもののため」と思うと、この闘いに絶対に勝つ！という強い気持ちを持ち続けられたのです。

入院中、「幼い息子のために」という気持ちでいたのは、間違いありません。しかし後で振り返ると、過酷な抗がん剤治療で「もう死ぬかもしれない」と一番苦しい瞬間に浮かんできたのは、龍星のほかにもう一人いました。母です。両親は健在とはいえ、父も60代後半。もし父に何かあれば、ずっと専業主婦だった母は、一人では生きていけない。弟も東京で家庭を持っている。長男の僕が、そばで母を守らなければ！　母の存在がこの闘病生活で大きかったのは確かだと思います。

# 3.なんで俺だけ？　お前なんかにわかるものか！

病院側も家族も職場の仲間も、周りはすべて僕のために動き出しました。しかし自分だけが、この現実を受け入れられません。

「なんで俺だけ白血病？」

「何か悪いことでもしたか？」

この「なんで俺だけ？」という、恨みにも似た感情が生まれました。

実は自分では、これまで他人のために一生懸命尽くしてきたという自負がありました。人から頼まれたことは、期待される以上にやってきたし、天罰がくだるようなことは絶対にしていません。そんな僕が、なぜ血液のがんにかかるのか、どうしても納得できなかったのです。

精神的に追い詰められた僕は、妻の優しい言葉にも、きつく言い返すような状態でした。

「おまえなんかにわかるものか！」

しかし途中から、グチってもどなっても事態は変わらないということに気づきました。

今だから言えますが、入院した当初は、看護師さんのアラ探しをしていたのです。「何か医療ミスをしないかな。そしたら訴えて慰謝料を取ろう」と、心の隅で考えていました。

2歳の息子は、まだ教育費はかかりませんが、何か月入院したら治るのかが全くわからない状況でした。

僕の収入がなくなっても、すぐに困るというわけではありません。しかし九州男児だからなのか、「夫は妻を養うもの」という古い考えに縛られ、自分が無収入になったことで、妻に引け目を感じていたのかもしれません。そして、それを素直に妻に相談できずにいたのが、一番の問題だったと思います。

それに気付いた時、変わりました。妻に怒るのも、看護師さんのアラ探しをするのも、自分の器が小さいだけじゃないか。器を大きくしてみよう。同じことが起きても、それに対して怒るか怒らないかは、自分次第なのです。

それ以降は、「誰に対しても笑顔で接し、嫌われない人間になろう」と心がけるようになりました。「そうだ、僕はもともと昔から、人と仲良くするのが得意だった」と思い出しました。同級生から敬遠されている不良グループも、なぜか僕にだけは普通に接してくれるのです。病気になったって、僕は、僕らしく過ごそう。「人と人をつなぐ架け橋になる」。いつも、その気持ちで人と接するようにしよう。

# 4. すべてを味わい、逆境を楽しめ！

ある時、以前勤めていた南九州サンクス株式会社の永山在紀社長（現：南国殖産株式会社社長）がお見舞いに来てくださって、こう言われました。

「すべてを味わって、逆境を楽しむといいよ」

がんなんて、なかなか体験できません。そうか、今しかできないことを楽しもう！　もともと、僕は前向きな人間です。今まで、「なぜ自分だけこんな目にあわなきゃいけないんだ!?」という答えのない問いで堂々巡りし、誰にもぶつけられないいらだちを抱えていました。

ところが、逆境を楽しむという発想のおかげで、何に対しても感謝できるように変わっていったのです。ささいなことでも「ありがとう」と言えるようになったら、不思議なことに、どんどん好転していきました。

入院した頃、父に言われたのですが、

「おまえが病気になったからと言って、おまえの人生になっちゃん（妻）をつき合わせるな。なっちゃんには、なっちゃんの人生がある。仕事も、育児もやらないといけないんだから。自分でやれることは、自分でやれ」

そこで、僕は自分で汚れたパジャマなどをコインランドリーまで持っていき、自分で洗濯するようになったのです。自宅にいた頃は、共働きでも「洗濯などの家事は妻がやるのが当たり前」という感覚でいたのですが、入院して初めて洗濯をすることになりました。病気をしなければ、いや、父に言われなければ、洗濯する機会などなかったかもしれません。結婚してから今まで、料理・洗濯・掃除などの家事全般をしてくれていた妻に感謝してこなかったことを恥じました。

中学の同級生だった夏絵と結婚。みんなの憧れのマドンナだったなっちゃんが、僕のお嫁さんになってくれたのです。

妻に、僕が白血病になってから態度を変えたか尋ねると、
「特に変わらないかな。とりたてて優しくするように心がけたということはないと思う。『がんばれ』と言う気もなかったし。だって、もう、あなたはものすごくがんばっているじゃない」

ああ、妻はわかってくれています。毎晩、仕事帰りに病院に寄ってくれる妻。いろいろ世話をしてくれて、病室を出る時、「今日もお疲れさま」と言います。ここで、「がんばってね」と言われたくはないのです。だって僕は、妻の思っている通り相当がんばっているのだから。心の準備もないまま、いきなり入院して抗がん剤を投与され、副作用に耐える毎日。どこまでがんばればいいのか、一体いつまでがんばれば終わるのか、全然先が見えない状況で、精一杯がんばっているのだから。

逆境を楽しむ気持ちでいます。でも、「がんばって」は言われたくはない言葉なのです。よく、うつ病など心の病の人に「がんばって」と言ってしまうと、追い詰めることになるといいます。でも、体の病だって同じです。「がんばって」と言われると、「がんばっていない」と言われているように感じるのです。

## 5. 抗がん剤の点滴直後に襲ってくる吐き気

抗がん剤投与が始まると、様々な副作用があります。先に入院した同じ病室の患者さんたちが、「もうすぐ、こういう症状が来るよ」と教えてくれたので助かりました。心構えができると対応しやすいです。白血病にもいろいろあるので、同じタイプの患者さんの闘病記などを読むと、いつ頃、どの症状が来るか参考になります。

僕の場合、抗がん剤の点滴開始2分で、速攻吐き気が来ました。抗がん剤の種類にもよるのですが、きつい抗がん剤もあれば、なんとか乗り切れる抗がん剤もありました。

まず、この吐き気の対処方法は「やり過ごす」。これです。これしかありません。気持ちが悪くなるのは、どうしようもないので、やり過ごす。何ごともなかったかのように寝る！　寝て、時が過ぎ去るのを待つ！　これが一番の対処法だったような気がします。

どうしても我慢できない時は、看護師さんを呼んで、吐き気止めのお薬を用意してもらうこと。でも意識がある状態で吐き気を感じるよりも、眠って時が過ぎ去るのを選択した方が楽でした。

## 6．口内炎で、口の中がボコボコの穴だらけ

抗がん剤で免疫力が低下し、口内炎がひどくなります。舌にもできて、周りがガタガタになるほどひどい時は、食事するたびに痛くて、食事したくなくなるくらいです。しかし体力を付けるためにも、食事は大事です。口内炎への対処法としては、何よりも口腔内を清潔に。歯磨きではなく、口をクチュクチュしてうがい。1にうがい、2にうがい。うがい！　うがい！　うがい！　食後に限らず、時間があればうがい！　僕は、菌の繁殖を防ぐためマウスリンスも使っていました（匂いに敏感になるので、匂いのきついマウスリンスはあまりオススメできません）。これで、かなり軽減されるのは間違いありません！うがいをした時と、しなかった時の差が歴然としていました。

とにかく菌の繁殖を避けたいので、歯間の掃除や舌苔《ぜったい》取りなども大事です。歯間ブラシやデンタルフロス、また舌苔をぬぐうための柔らかい専用商品もあります。歯ブラシはやわらかめの、ヘッドが小さいもの（超コンパクトタイプ）を使っていました。様々な歯磨きグッズを活用して、口腔内の清潔を保ちましょう。

口内炎がひどくなって、クレーターのようにでこぼこになる時があります。ピークの時

は、舌の右に4つ、左にデカイのが2つ。水を口に含むだけでしみます。医師や看護師に相談すると、外来でも使っていたステロイド剤を含むうがい薬を処方してくれました。それで少し軽減しましたね。口内炎のひどさによって、痛み止めを飲んだり、局所麻酔の作用があるうがい液、医療用麻薬の飲み薬など薬も色々あるそうです。どういう状態なのか、医師に相談しましょう。痛みの感じ方も伝えれば、的確な薬を処方してくれます。

骨髄移植の後は、退院後も口内炎が口じゅう至るところにできます。それも、ぼっこり深い穴が。食事をするのが苦痛な程です。

# 口内炎がひどい時、妻が気を付けた！ 食に関するチェックポイント

★味付けは薄味にする。特に、塩味が濃すぎるものは、しみるからダメ。

★冷たいのは良いが、熱いのはダメ。

★口内炎の部分への当たりを少なくするため、とろみをつける。肉・魚でも小麦粉、片栗粉などをまぶしてから焼く、煮る、炒める。

★具材は小さめにカット。特に固いレンコン、ゴボウなど。

★ミキサーでスープ状にしたりして、飲み込みやすくするのもgood ！

★フライのパン粉は粗いものではなく、洋食屋さんで使用されるキメ細かいものを用意。

★香辛料などの刺激物は避ける。

★焼いたお餅などは好んで食べる！　両ほほ、上あご、舌縁など至るところにできていても、お餅だと患部に当たらず（当たりが弱い）スーッとのどを通っていく。

★うどんなどの麺類も good ！

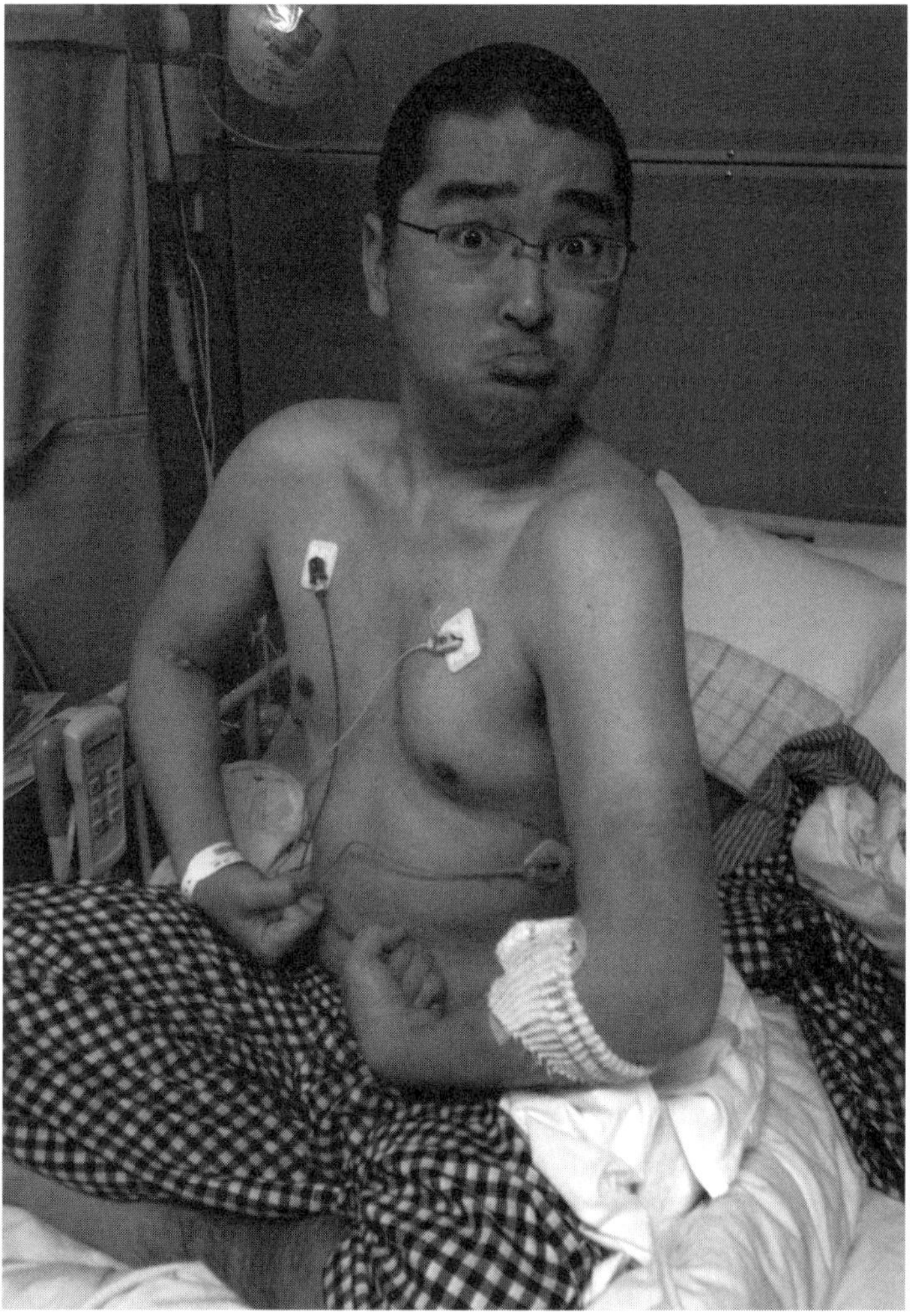

たまには、おどけて心電図。辛い治療の中、少しでも笑顔が出ますように。
看護師さんが笑ってくれたら嬉しいな。

## 7．髪がヌルッと抜けるのは男でも相当ショック！

抗がん剤の副作用で、髪が抜け落ちるというのは、耳にされたことがあると思います。はじめの2週間は、全然髪の毛が落ちないので、「俺はいける！　自分だけは大丈夫なんだ」と、妙な自信がありましたが、やはり来ます。

僕はもとはオールバックにしていましたが、髪の毛が抜けることを想定して坊主頭にしました。抗がん剤投与から3週間ほどで、少し枕の周りに、ちらほらと落ち出しました。坊主頭なので、髪は短いのですが。そこでシャワーを浴び、シャンプーで頭を洗いました。すると、よくドラマで見るようなシーンが！　指に髪の毛がからみ、ヌルッとそのままごっそり抜け落ちたのです。男性の僕でも、かなり衝撃的です。女性だったら、どれほどショックなのでしょうか。でも受け入れるしかない！

ここで必要なのは、粘着テープのコロコロ！　すね毛も抜けるので、ベッドは毛だらけです。コロコロは、毎日の定期的なお掃除グッズとして欠かせません。コロコロ転がすことが、だんだん楽しくなってくる自分もいたりして。

病気が原因で髪が抜ける……。こんなショッキングな状態でも、その時しか味わえない楽しみを見つける。それも、また人生です！

特別な感情を味わえる時。それはそれで、幸せなことですね。

実は妻は、僕に見せないように僕が席をはずした時に、ベッド全体をコロコロやガムテープでペタペタしていたそうです。また洗濯機に入れる前にも、服全体にコロコロをかけて、着た時にチクチクするのを防いだそうです。

病気で髪が抜けた時用の医療用カツラもあります。そのカツラをつくるために、髪の毛の寄付を受け付ける美容室もあるそうです。健康な人は、ぜひ髪を寄付してください。

## 8.腸の調子が不安定で、下痢と便秘の繰り返し

抗がん剤の副作用の一つで、腸の調子が不安定になります。下痢と便秘を繰り返すのです。

下痢の時は、ほとんど水のようなさらさらの状態なので、お尻を常に清潔にすることが一番大事です。これをしないと感染症の危険があります。洗浄便座の水流は、柔らかめに設定。あまり強くすると粘膜が傷つき、そこから菌が入る恐れがあるので、気を付けてください。

下痢というのは水分が腸で吸収される前に出てきてしまうので、アルカリ性の下痢便が肛門を通ることになります。1か月も下痢が続いた人もいるそうですが、そうなると肛門がヒリヒリします。抗がん剤治療中や移植後のシャワーに入れない時は、熱い清拭用の蒸しタオルと陰部・肛門部用の使い捨ての厚手の紙タオルを持ってきてくださいます。自分の好みの温度にさまして、肛門部は擦らずに当てるように拭きとると傷つかず、痛みもなくて良いと思います。

下痢の対処法としては、大人用おむつです。高齢者じゃないのに嫌だな……と思う人も

いるかもしれませんが、そんなこと言っている場合ではありません。しかし、実際使ってみると便利なんですよ！　水下痢なので便意がなくても排便してしまいますが、おむつだとこまめに交換することができます。僕は1か月ほどお世話になりました。

腸の調子が不安定なので、下痢と真逆の便秘にも悩まされます。出過ぎるのも大変なのですが、出ないなら出ないで困りものです。便秘の期間は人それぞれですが、1週間もお通じがないと、お腹が苦しくなってきます。どうにかしようと洗浄便座で肛門に温水を当てて、便意をもよおそうと刺激してみましたが、それほど簡単にはいきません。

体力が落ちないように、僕はとにかく病院内で歩いたのですが、それが便秘の解消にもなりました。運動すると自然と食欲もわき、それが腸を動かすことにもつながるのです。

あまりにも便秘が長く続いてきつい時は、医師に伝えましょう。お薬の力に頼るしかありません。

# 9．40度の高熱で、体の震えが止まらない！

過酷な抗がん剤治療において、必ずと言っていいほど出る副作用が、高熱です。39度や40度は、まず当たり前。そこまでの高熱となると、ガタガタ震える悪寒を伴い、やってきます。ベッドもガタガタ、歯もガタガタ。そんな時は、全身を電気毛布や電気あんかで温めても震えが止まりません！　湯たんぽを抱いて足元にも入れて寝ます。妻が布団で僕の肩をくるむようにして、風が入らないようにしてくれました。熱が上がりきらないと、そのガタガタは終わらないんです！

その時の対処法は、布団にくるまって、「神様、お願いします。守ってください！　守ってください！」困った時の神頼みも大事です。

この高熱は、1日2日では終わりませ

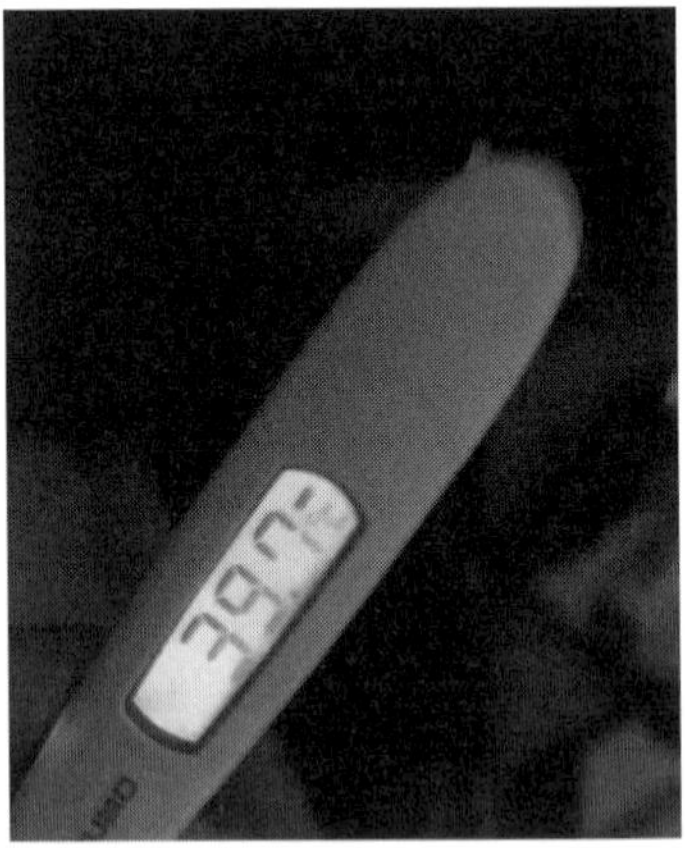

体温が39度7分。平熱よりも3度も高い数字が表示される。

ん。ひどい時は医師に言って、解熱剤を処方してもらう時もあります。その場合、何時に飲んだか報告しないといけません。でも、いつかは終わりが来ます。

体力を消耗するので、トイレに行く元気もなくなります。そんな時でも妻は、水分やアイスクリームを口に入れてくれて、高熱の時でも快適に過ごす方法を考えてくれました。

高熱のせいで汗びっしょりになるので、1日5組くらいは着替えが必要です。妻は、仕事帰りに自宅に戻る際にパジャマ5組を持ち帰りますが、翌朝出勤前に新しいパジャマ5組を持ってきてくれるのです。昼間は看護師さんに着替えさせてもらっていました。

# 10. 水が飲めない時でも高アルカリ水

味覚障害や口内炎で、何も口に入れたくない時もありました。水を口に含むだけでも、口内炎にしみるのですが、一つだけ体が受け入れてくれるものがあったんです。それが「温泉水99（キューキュー）」です。

僕の地元である鹿児島県の桜島近くにある垂水《たるみず》温泉で湧き出ている、天然アルカリ温泉水なんです。モンドセレクションで最高金賞を２００９年～２０１２年の４年連続受賞。そんなうたい文句よりも、とにかく、うまい！　日本の水のほとんどは、硬度２０から１００の軟水で飲みやすいのですが、この「温泉水99」は硬度１・７という超軟水。硬度が低いほどまろやかで飲みやすく、常温でもおいしく感じられるんです。ほんのり甘みを感じるというか。自分がごくごく飲めることに驚きました。

おいしく飲めるというだけではなく、この水を飲んでいると、利尿剤を使わなくても、おしっこが出るのです。移植後でさえ利尿剤を使わずに済んだので、「そんな患者さんは珍しいです」と言われたほどでした。

市販のミネラルウォーターのほとんどが中性に近いのですが、この温泉水99は、ＰＨが

9・5から9・9という世界トップクラスの高アルカリ性なんです。

もともと健康な人の体は弱アルカリ性なのですが、酸性食品やストレスなどの影響でどうしても酸性に傾きがち。入院中の僕は少しでもアルカリ性にしたいと思い、大量に買い込みました。さらに水の粒子が、水道水の2分の1と細かいために体に浸透しやすいのです。料理に温泉水99を使用すると、食材のうまみや甘み、香りなどの持ち味を生かし、格段においしくなるそうです。和食の基本であるだしを取る時にも、昆布などのうまみを引き出すのに役立つらしく、有名料理店でも使用されているそうです。鹿児島のミネラルウォーターなのに、僕は知りませんでした。お見舞いに、この「温泉水99」を持ってきてくださった方に感謝しています。

高アルカリ性で、飲みやすい温泉水99。
味覚障害などの時、ずいぶん助けてもらったものです。

## 11．健脚を手に入れる人は健康をも手に入れる

治療にあたって医師に言われたのが、「体力を付けておいてください」ということ。抗がん剤の治療に耐えきれずに治療をあきらめる患者さんも大勢いますが、耐えきれない原因が体力のなさという場合も多くあるのです。がんばりたくても、できなくなるんです。

病院によって異なりますが、個室無菌室から一歩も出たらダメな病院と、棟全体が無菌病棟なので、病棟内を歩いて体力を付けることができる病院とがあります。

僕は毎日、病院内をウォーキングして、筋力を維持しました。毎日、歩数計で測りましたが、少なくとも1日1万歩。多い時は1万4000歩くらいです。階段も登り降りして、脚の筋肉が落ちないように。

体力が続かないと、心が折れそうになるんです。脚力が落ちて、歩くことさえきつくなったら、人間は歩かなくなります。そうすると、どんどん筋肉が落ちて、ますます歩けなくなります。

下痢対策で大人用おむつをはいているので、トイレまで無理に歩かなくても大丈夫なのです。これって、もう寝たきりにまっしぐらじゃないですか。そうはなりたくない！　だ

から階段の手すりにしがみついて、歩き続けました。

骨髄移植になったら、1か月から2か月は、どうしてもベッドから動けなくなるのです。そうなる前に、体力を充電！

その成果は確実に自分に跳ね返ってくるのです。よく、ふくらはぎは第二の心臓と言いますが、歩くと血液が上半身まで回ってきます。さらに歩くという行為は、腸をも動かすことにつながり、排泄を促す効果もあります。1に体力、2に体力。努力は報われます。

僕は自分のために、できる限りのことをやりましたが、ふつう、できないと思います。だって、がん患者ですから。一日中ベッドで寝ていても、誰も非難しません。

しかし、筋力が落ちているのは、自分しかわかりません。この病院の中が勝負ではなく、退院した後が勝負です。ゴールは「退院」ではなく、「退院後に幸せな生活を送ること」です。たとえば、仕事がしたい、我が子と遊びたいなど、そういう最低限のことですら、体力や筋力がないとできないんです。トイレすら自力で行けなくなります。家族に迷惑かけますか？　紙おむつの費用もムダにかかります。

降りかかってくる先は、自分の身です。「立てない」と言っているのは、自分です。「俺は立てないんだ。おまえが助けるのは当然だろ」と家族に言う人もいますが、僕から見たら、ただの怠慢でしかありません。

入院中に何も筋トレせずに、筋力が衰えた状態で退院すると、自分で立ち上がることすら難しくなるんです。我が家のベッドは2階。必ず階段を登り降りしないといけません。

健脚を手に入れる人は、健康をも手に入れるんです。これは何歳になっても同じ。「もう年をとったから歩きたくない。タクシーで行く」とおっしゃるお年寄りがいますが、元気な人は自分の足で歩いています。僕の父方の祖母は現在93歳ですが、元気に歩いています。

病人って、甘える気持ちが出ますよね。自分がそうだから、よくわかります。20日くらい入院したら、筋力は落ちます。理学療法士の指導に基づくリハビリに加えて、自分で少しでも筋力を付けることをお勧めします。運動制限がある方もいらっしゃると思うので、医師・理学療法士の方に相談してくださいね。ちなみに、ウォーキングしているうちにお友達づくりもできるので楽しいんですよ！

毎日、毎日、１万歩以上歩いて体力維持！

## 12. 完全寛解。いよいよ退院！

抗がん剤の投与も今日で最後という日。「もうこれで終わり！」と、点滴のバッグにマジックで書きました。３月25日の緊急入院から始まった、約６か月の闘病生活でしたが、９月28日で入院生活も終わりです！　奇しくも翌日の退院日は10年目の結婚記念日。錫《すず》婚式です。毎日、看病に来てくれた妻には、感謝しかありません。ふつうに外を歩けるだけで、どれほどの幸せなのか、無菌病棟が教えてくれました。

退院して、真っ先に行きたいところ。それは息子・龍星のいる保育園です。

保育園に着くと、僕を見つけた息子が「パパーッ！」と駆け寄ってきました。会いたかった！　抱きしめたかった！　せっかく会えたのに、涙で息子の顔が見えません。僕が入院していた無菌病棟は18歳以下は入れず、入院中は、会うこともできませんでした。入院した日の抗がん剤治療が始まる直前に龍星が病院にきた時も接触禁止で、妻に抱っこされているのを数メートル離れて見ただけでした。２歳でも異様な雰囲気を感じ取ったのか、泣きながら「家に帰らない」と言い張ったそうです。

平日は妻の両親に預かってもらっていましたが、毎晩「パパが早くよくなりますように」と、床の間に向かってお祈りしてくれていた龍星。

妻が毎日、僕の看病に集中できるように、多くの人たちが協力してくれました。保育園の園長先生は、先生方にこうおっしゃったそうです。

「龍星くんはパパが入院中で、ママにも会えずにさみしい思いをしているはず。担任の先生でなくても、龍星くんに会ったら1日1回ハグしてあげてください」

嬉しいですね。龍星は一人じゃないよ。みんなに可愛がられている。「ありがとう」の気持ちを忘れない子に育ってほしいです。家族三人一緒に笑っていられること。そんな、ありふれた日常がどれだけ貴重な瞬間か気付かせてくれたのが、白血病でした。

退院して1か月もたたないうちに、弟に、待望の長男が生まれました。龍星にも従弟ができたね。甥っこくん、元気に生まれてきてくれて、ありがとう。君の顔を見ることができて、おじさんは本当に本当に嬉しいよ。君がいるだけで、弟夫婦がどれだけ力をもらえるか、おじさんにはわかるんだよ。小さな赤ちゃんが放つ、尊い命の輝き。今、生きている。このことがどれだけ素晴らしいことか。どうか、健やかに育ってほしい。

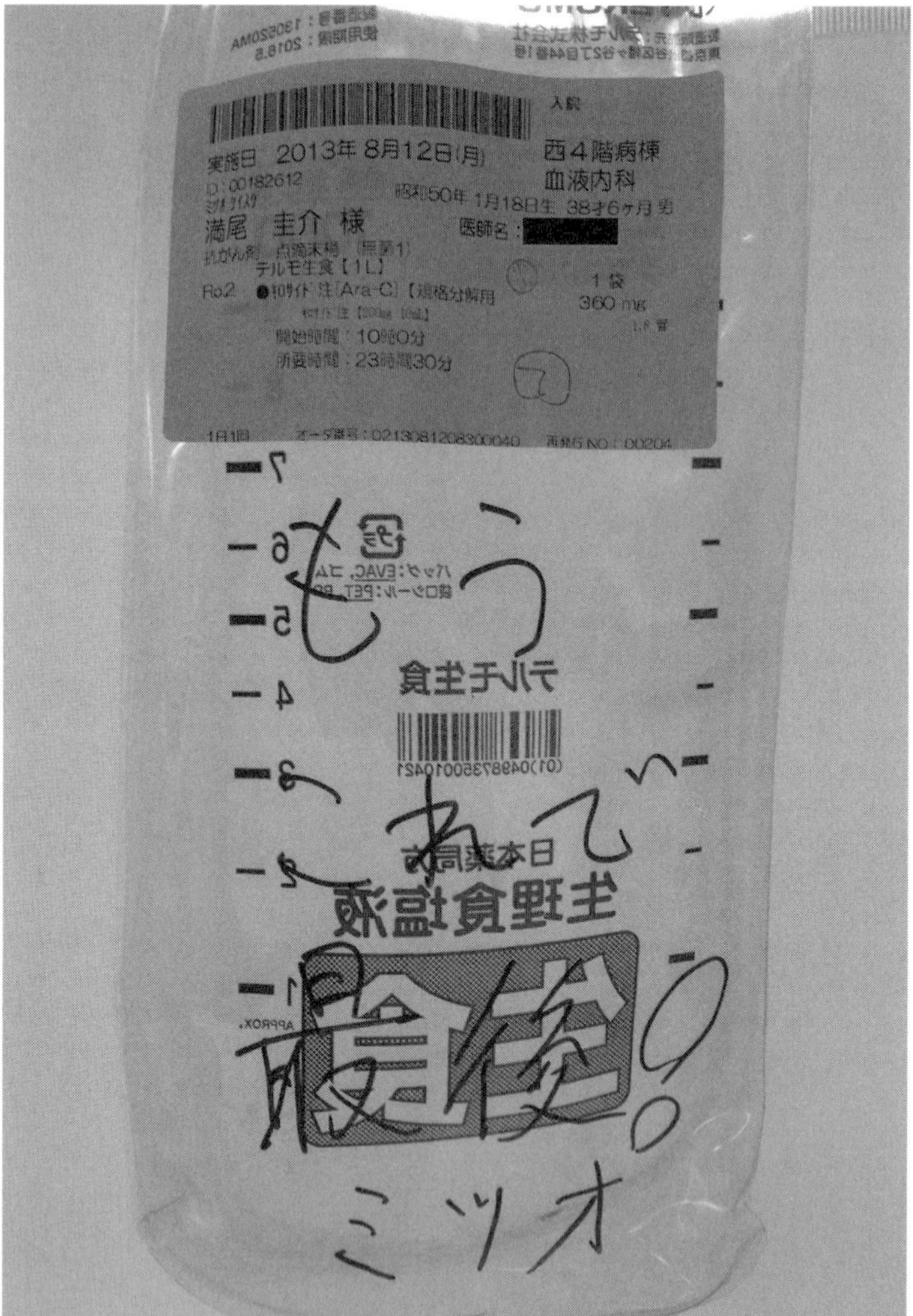


抗がん剤治療最後の日。「もう　これで最後」。再発がないように願いを込める！

# 第二章

# 恐れていた再発と骨髄移植

## 1．再発したのか⁉

白血病にかかった人は退院後も、定期的に再発していないか検査を受けます。

２０１３年9月28日に寛解退院してから5か月近くたった２０１４年2月13日、定期検診で採血し、結果確認していた時でした。数値を聞いた僕は、

「先生……その血小板の数値は……2万って……。まさか……、まさか……、再発ですか……？」

いつもいつも恐れていた再発。主治医は、

「骨髄を見てみないと、はっきりとしたことはわかりません」

僕は、

「先生……正直に答えてください……。白血病再発の可能性は、今で何％ですか？」

先生は、

「80％です」

またでした。また……。なんで？　なんでここに来て、また再発？　昨日までふつうに仕事してたじゃん。嘘であってよ。もう嫌だよ。またなの？　また死と向かい合う瞬間が

来る……。

インターネットで現在の状態を確認すると、

「5年間生存率40％」

無情にも、つらい現実が目に飛び込んできました。

また無菌室での日々が始まりました。もう治ったと思ったのに……。フェイスブックで、あんなに「皆さんの励ましのおかげで治った」とお礼を言った手前、再発して入院とは……。そのことは、しばらくフェイスブックでも投稿できませんでした。

２０１４年6月17日、一時退院して自宅に戻りました。その日の夜、僕の退院を待っていたかのように、母方の祖母が亡くなったのです。93歳でした。

お葬式にも出ることができました。最後のお別れの時、棺に眠る祖母に向かって、母がこう叫びました。

「お母ちゃん、圭介を守ってね！　お願いだから圭介を守ってね！　龍ちゃんは、まだ小さいんだから。圭介を守ってね！」

もし白血病が治らなければ、どうなるのか。こんなふがいない長男でごめん。決して親不孝はしないから。お母さん、僕は生き抜くから。そう誓いました。

## 2. ヒ素治療？　えっ、毒を体に入れるの!?

再発したらどうなるのかを調べている時、「ヒ素治療」という方法があることを教えていただきました。ヒ素を投与することで、白血病を寛解に導く率が高くなるそうです。初めて「ヒ素治療」と聞いた時は、衝撃でした。だって、ヒ素ですよ、ヒ素！

当時の僕にとってヒ素とは、１９９８年に起きた和歌山の毒入りカレー事件で使われた毒物という認識しかありませんでした。調べてみると、和歌山の事件はシロアリ駆除に使われる「亜ヒ酸」で、白血病の治療に使われるのは「三酸化ヒ素」でした。

「なーんだ、違うものか」と安心すると、別の資料には「三酸化ヒ素（亜ヒ酸）」と書いてあります。結局同じものなのです。

ナポレオンが死んだのもヒ素中毒だったという説もあるらしいし、とにかく、毒であることは間違いないんです。それを体に入れるなんて……。

ヒ素を白血病の治療に用いるのは、１９９７年に発表された新しい研究によるものらしいです。しかし、紀元前３７０年くらいに、医学の父と呼ばれるヒポクラテスが、ヒ素は潰瘍に効くと書き記したそうです。怖くてたまらないので、情報をたくさん集めました。

ヒ素は毒ではありますが、適量なら薬にもなるということでしょうか。しかしドクターを信じるしかありません。

実際、再発して入院した２０１４年２月からヒ素治療を開始。数回に分けてヒ素を投与し、同年7月26日に治療が終わりました。合計日数45日＋25日＋25日＝計95日。そして、白血病再発から１６９日、寛解し、退院できたのです。終わってみると、長かったようで短かったような淋しい感じもします。でも、やはり嬉しい気持ちが大きいです。

退院後、母が涙を浮かべて言った言葉が、

「圭介、親より先に逝くことだけは、何よりも親不孝だからね。お願いだから、生きて」

これからは、親孝行するからね。約束です。

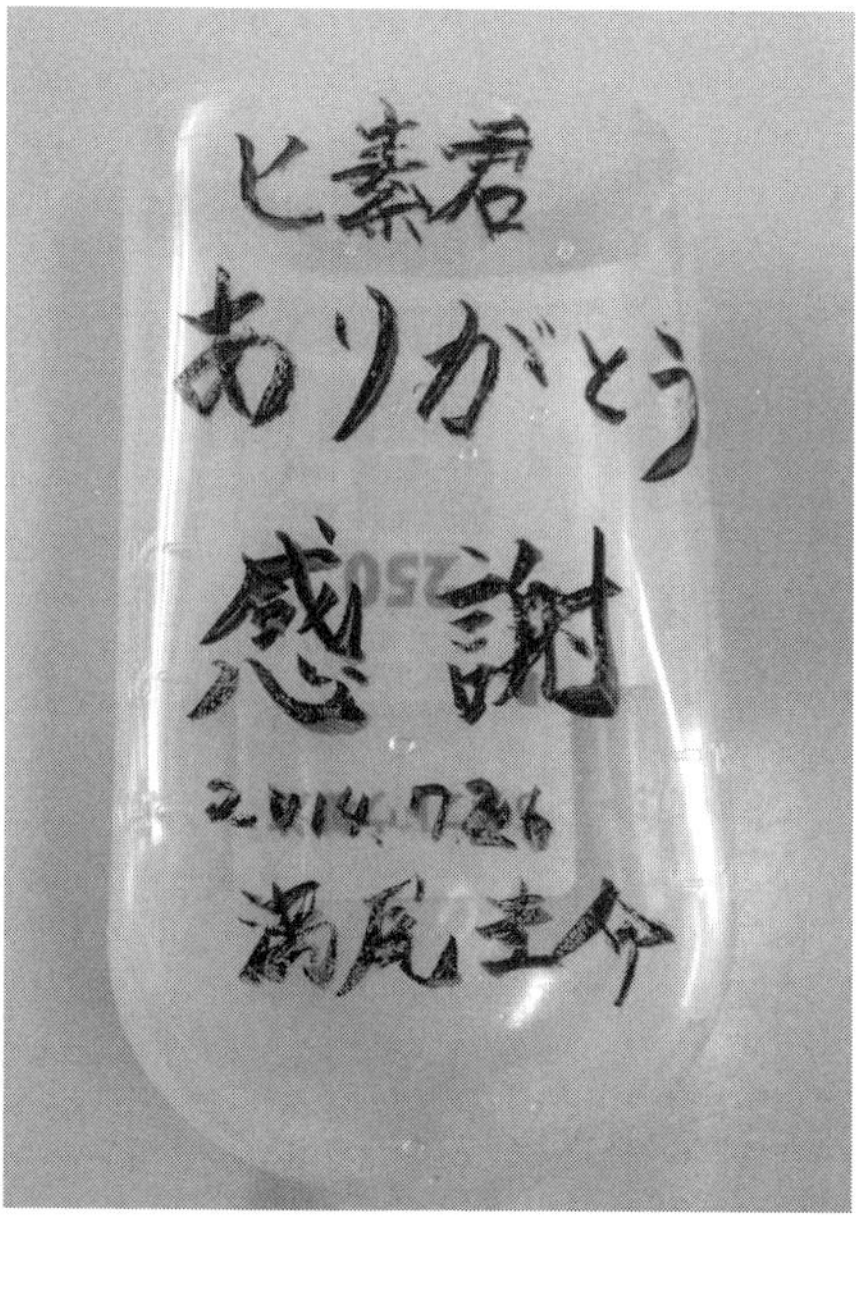

## 3. 自家移植拒否！

2014年8月2日に退院してから、1か月もたたない8月27日に、最初の定期検診を受ける予定でした。しかし実は1週間ほど前から、なんとなく体調がよくないと感じていたのです。前年に白血病を発症した時と同じような、腰の痛みがありました。もしかしたら再々発したのではないか。不安でたまらず、1日早く検査に出向きました。

「もし再々発すれば、残された時間は1か月ない」と医師に言われていたのです。生命のカウントが頭をよぎります。まだやり残したことがたくさんあるのに……。まだ40歳にもなっていないのに……。

急遽、妻にも休みを取ってもらい病院へ同行してもらいました。看護師さんに、

「検査の結果が出るまでお二人で食事でもしてきてください」

と言われ病院内のレストランへ。

「ごめんね……。今回は、覚悟を決めないといけないかもしれない……」

最後になるかもしれないデートが、病院の中だなんて、ごめん。妻は一言も責めることなく、いつもどおりの穏やかな笑顔で接してくれるのに、わびる言葉しか出てきません。

指定の時間になり、不安な気持ちを抱えながら、検査結果を聞きに診察室へ戻りました。ところが検査の数値は、意外にも正常だったのです！　妻と抱き合って、大喜びしました。ああ、よかった！

しかし、やはり、最初の発症時に感じた腰の痛みや、動悸などをまだ感じるのです。何かがおかしい……。本当に治っているのだろうか。

検査の数値が正常だったとはいえ、常に再々発に対する不安がありました。そのような状況下、鹿児島の病院では、骨髄移植（自家移植）を勧められました。でも僕は、絶対に自家移植を受けたくはなかったのです。当時は「自家移植なんかしたら感染症で死ぬ」と思い込んでいました。なぜかって？　無菌室で仲良くなった患者さんが、移植した後で、次々に4人も亡くなるのを見てきたんですから。

自分の周りのベッドが、どんどん空になっていく、あの恐怖！

主治医は、龍星と同じくらいの幼い子どもさんを持つ方でした。

「なぜ移植しないのですか？　子どもさんもいらっしゃるのに」

主治医・看護師共に何度も、

「満尾さん、何が何でも自家移植を受けてほしい。それしか助かる方法はないんですから。

とにかく、一刻も早く自家移植しましょう」

僕の命を助けようと、正しい提案をしてくださっていたのだと思いますが、それでも当時の僕は、自家移植をしたくありませんでした。とにかく自分の症状を調べ、他の治療法がないか、探していました。

column

## 骨髄移植とは？

骨髄は硬い骨に囲まれた腔内に存在するスポンジ状の組織で、赤血球、白血球、血小板などの血液細胞をつくる臓器（組織）です。何らかの理由で正常な造血が行われなくなった場合に、患者さんの骨髄を健康な人（ドナー）から提供された骨髄で置きかえて、病気を根本的に治していこうというのが骨髄移植です。

患者さん自身の細胞を使って行う移植を「自家移植」、自分以外の健康な人からの移植を「同種移植」といいます。「同種移植」では、白血球の型がフルマッチ（完全適合）のドナーを見つけるのが難しいと言われています。兄弟など近親者でも、フルマッチするとは限りません。

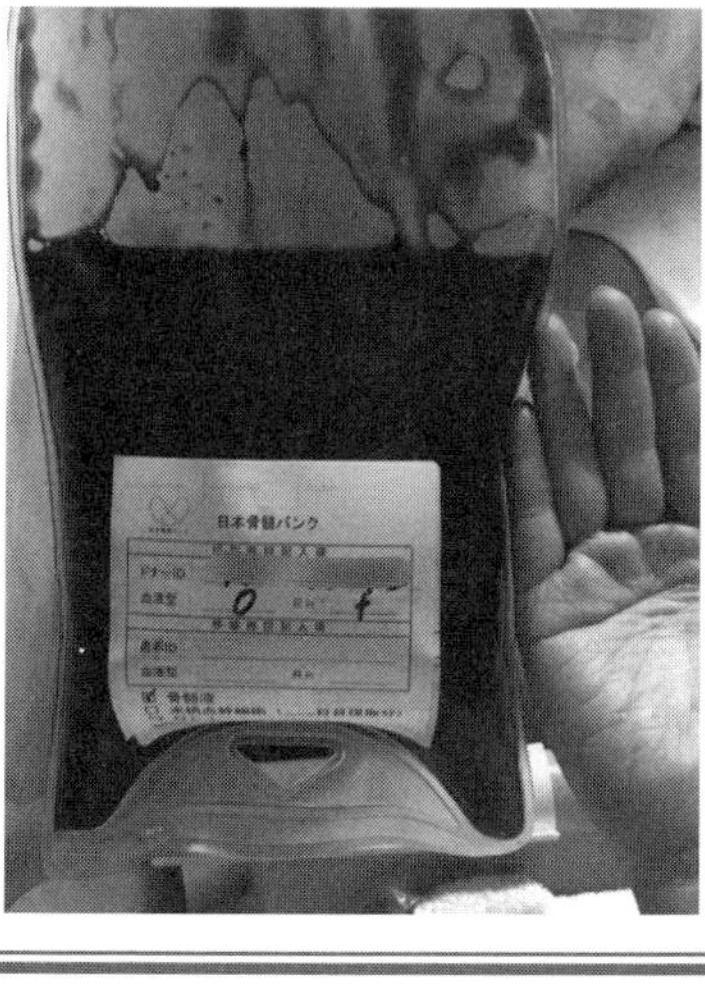


ドナー様の骨髄液。善意で提供してくださるドナー様のおかげで、僕のように助かる命があります。

## 4. セカンドオピニオン、サードオピニオン

医師の中には、自分の診察を否定されたような気がして、セカンドオピニオンを嫌がる人もいるそうです。しかし鹿児島の主治医からは逆に、「違う病院の意見も聞いて、納得したうえで自家移植を受けてほしい」と快く承知してくださいました。

決して地元の病院を信用しないわけではありません。なにしろ他診療科の医師が早い段階で白血病を疑って要再検査でひっかけてくださったおかげで今があるのですから。その医師でなければ、見逃されていたかもしれません。

まずは２０１４年９月24日、東京のがん専門病院を受診しました。セカンドオピニオンでは、

「骨髄検査は陰性ですが、誤差範囲内の検出があります。正確に言うとグレーゾーンです。詳しく再検査して陰性ならば自家移植で良いでしょう」

再々発の可能性も……。やはり腰の痛み、動悸などあの違和感は徴候なのか。強い不安が押し寄せてきました。

「再々発ではありませんように」と願いつつ、3週間後に今度は福岡の九州大学病院にセカンドオピニオンを求めたのです。

病院選びはとても重要です。入院した後で転院するのは、容易ではありませんから。幅広く情報収集し、納得できる病院選びをしていただきたいです。そして、一つの病院だけではなく、別の医師から、異なる視点で診断してもらうことも必要です。医師との相性や、スピード、方向性、看護体制、ベストを尽くしてくれている感覚なども大事だと思います。

セカンドオピニオンで「再々発の可能性」と告げられてから、僕は骨髄移植について本やインターネットなどで色々と調べまくりました。

骨髄移植の前処置で、致死量とも言える、大量の抗がん剤を投与。その副作用にはどんなことが……？　調べれば調べるほど、そのつらさを想像して、ブルーになってしまいます。

息子を抱きながら、お願いしました。

「龍星、パパを守ってね」

すると息子は、きょとんとして、一言。

「パパ、龍星と2人で、ママを守るんでしょ！」

涙。

そうだね！　パパは、龍星と2人でママを守らないといけないからね。

一番は、君を守らないといけないから。

君がいるから、がんばれるよ。

２０１4年10月10日、僕のために鹿児島へ１００名以上の方々が集まってくれました。

実は、東京のセカンドオピニオンで再検査を提案された時に、「みんなに会いたい！」と宴会を企画していたのです。友達や仕事仲間はもちろん、ＳＮＳでしか交流がなく一面識もない方もいらっしゃいます。友達が、僕の病状をシェアしてくれて、それを見て友達申請してくれた方など……。県外からも鹿児島に集合！　皆さん、「入院生活、がんばって！」という気持ちで駆けつけてくれたと思います。こんなにたくさんの人が会いに来てくれるなんて、とワクワクした気分で準備していました。

しかし、そんな中、悪い知らせが……。宴会が始まる1時間前、鹿児島の病院から連絡があったのです。

「再々発の可能性があります」

もはや、骨髄移植しか選択の余地がないかもしれないということです。つまり、他人であるドナーさんから骨髄液を移植しないと、もう僕は助からないかもしれません。かなりきつい宣告でした。せめて身内である弟にドナーになってもらえないかお願いしていました。しかし、

「弟さんは、残念ながらフルマッチではありませんでした」

恐れていた「再々発」の文字が現実的に襲いかかろうとしています。妻と二人、顔を見合わせ、涙しかありません。しかし1時間後の午後6時には、みんなが集まってくれる。遠くからも来てくれる皆さんに、悲しい顔は見せられない！　楽しもう！　今、この瞬間がきらめくように！　どんな困難が来ようとも、僕には仲間がいる。必ずまた、完全復帰の宴会をやるぞ。僕は息子に、〝パパの生きざま〟を見せてやれているだろうか。

皆が僕のために集まってくれた〝友和の会〟。宴会の終わりに、ゆずの「栄光の架橋」を熱唱。堪らず大粒の涙が……。

## 5. ASAP！ 一発で仕留めに行くぞ！

2014年10月16日、九州大学病院のサードオピニオンへ。診察室に入ると、宮本先生は僕の資料に目を通すなり、うつむいています。冗談なんて言える雰囲気ではありません。

「満尾さん……ASAPで、いろんなことをしなければなりません」

ASAPですか？ テレビドラマ『医龍』で出てきた言葉を、ここで聞くなんて。ASAPとは、「as soon as possible」。つまり、「可能な限り早く！」ということです。まさか自分が、「来年を迎えられない恐れがある」という状態だとは思ってもみませんでした。

かなり緊迫した空気の中…

・4年生存率27％
・移植関連死亡率30％
・骨髄移植後再発率47％

うーん、重いな……。ま、受け入れるしかないのだが……。前に進むしか道はありません。僕は、こうして息もしています。無理しなくても笑うこともできます。すべて味わう。全部味わってやる。生きている。この感情を噛み締める。人生楽しもうぜ。

現状を説明された後で、先生が今後の治療方針をおっしゃいました。まず骨髄液を移植してもらえるフルマッチドナーが見つかるまでは、ベサノイドとヒ素治療の併用によって完全寛解を目指す。何よりも、ドナーが見つかるまで最短3か月、それまで僕の生命がもたないといけないのです。ドナーが見つかり次第、同種移植。そこから復活、という流れです。

宮本先生からの説明を受け、いろんな思いが頭の中をかけめぐりました。

今、何もしなければ、すべて終わる。

骨髄移植した後での死亡率が30％でも何％でもいい。わずかでも、望みがあれば儲けもの！

発症から19か月。ここまで来られただけでも、なかなかスゲ～んだぜ！

負ける気はしない。つかむぜ生命。なんせ僕、超人ですから！

今できることをやるだけ。この瞬間を輝け。必ずつかめ。

龍星のランドセル姿を見るんだ。

負けるな、僕の気持ち。負けるな。

がんばれ。がんばれ。君は生きている。

いっちょ伝説つくろうや！　がんばれ満尾圭介。楽しもう、人生を。

白血病くん！　満尾圭介なめんなよ！　僕には、たくさんの仲間がついているんだぜ。一人で闘っているわけじゃないのだよ！

すべてのつながりの皆様、ありがとう。


鹿児島の主治医が、「満尾さん、生きてくださいね。納得できる治療をしてください」と後押ししてくださったことに本当に感謝しています。やはり、納得できる病院を選択した方がいいと思います。東京の専門病院も評価の高い、すばらしい病院でした。しかし九大病院に行った時、なぜか「あ、ここいいな」と直感で感じとりました。

もちろん移植の症例数や病院としての客観的な評価などデータ面も調べました。その他、自分自身が肌身で感じた病院の印象というものも大切です。

僕は治療実績も考慮しましたが、九大病院は、患者一人当たりに対応する看護師の数が多く、手厚いと感じました。患者は、すでにがんに侵されている人たちばかりですから、わずかなミスが命取りになります。

宮本先生に「ＡＳＡＰ」と言われた時、僕は心筋梗塞の既往歴もありました。そこで、もし移植時に何かあった場合でも、すぐに対応してもらえるように総合病院を選びたかったのです。血液の専門医だけではなく、内科や循環器科の医師も、そばにいてくれると心強いという思いがありました。

また、鹿児島から新幹線1本で行ける福岡という立地は助かります。九大病院を選んだ理由を言葉で明確に表すのは難しいのですが、「安心して任せられる」と感じたのです。医師や看護師の態度、病院の雰囲気など総合的に判断して、自分が納得のいく病院を選ぶことをお勧めします。もう僕には、時間の猶予はありません。移植を目前にした頃、宮本先生が、「骨髄移植で、一発で仕留めに行くぞ!」と一言だけ声をかけ出ていかれました。移植を前に不安・緊張が入り混じっていた僕でしたが、その言葉に共に勝利をつかみに行くぞと言われたようで、どれだけ心強かったかわかりません。

10月21日に入院し、10月25日に宮本先生より、治療方針の説明がありました。

「結論から話します。もう骨髄の中で5%白血病細胞が確認できます。よって、血液学的にも再々発です」

ああ、やっぱり白血病は終わっていなかったのか……。先生は、続けます。

「このことより、自家移植はなくなりました。同種移植に進む道しかありません」

と、きっぱり。

「ほかのドナーから骨髄液をもらう同種移植の危険性は、移植をした時点で死亡率が30%

あります。この30％というのは、今の日本での手術では、一番高い死亡率です。心臓病の手術でも10％程度ですから。飛行機に10回乗ったら3回は墜落するという確率です」

僕は、現実を受け止めてはいるのですが、ちと気持ちが追い付きませんでした。もちろん同種移植しなければならないとわかっていて、その病院を選んだのですが……。

先生は、

「でももう前に進むしか道はありません。その時の状況で、最善の方針でこれから進めます」

先生の目が力強いです。スピード、方向性などベストを尽くしている、という気持ちを感じます。僕が、

「0か100ですね……」

と言うと、先生は、

「100ではありません……」

僕は、

「でも道はないのですよね……」

先生「はい」

ちと厳しい先生です。でも、目の奥に愛情を感じます。

医師はもちろん専門家ですが、何もかも丸投げせず、納得いくまで質問した方がいいです。例えば、どんな治療方針でいくのか、投与薬は何か、その薬の副作用など、質問すれば教えてくれます。今使っている薬の副作用を尋ねて、

「この薬は、高熱・悪寒・吐き気がある」

など、事前に心の準備をしておくことができます。この心づもりがあるのとないのとでは、治療に耐えられるかどうかが大きく分かれると思います。

正直言って、この宮本先生のおかげで助かったと言っても過言ではありません。巻頭にもお言葉を頂きましたが、宮本先生は「医師になりたい」ではなく、「白血病を治す血液専門医になりたい！」という強い意思のもと、医学部を志されたのです。全国で5本の指に入るスーパードクターなのだそうですが、ふだんは気さくな先生です。

病院にいる時は必ず病室を訪れ、

「どう？　今日は元気いいなあ」

など、声をかけてくださいます。顔色を見ただけで状況把握できるらしいですが、すべての担当患者を回るのは大変だと思います。

宮本先生が僕の病室に立ち寄られ、ちらっと見て何もしないということは、「あ、今のところ大丈夫なんだな」と確信できます。「今、宮本先生が同じ病院内にいらっしゃる」

と感じるだけで、安心感につながる
のです。

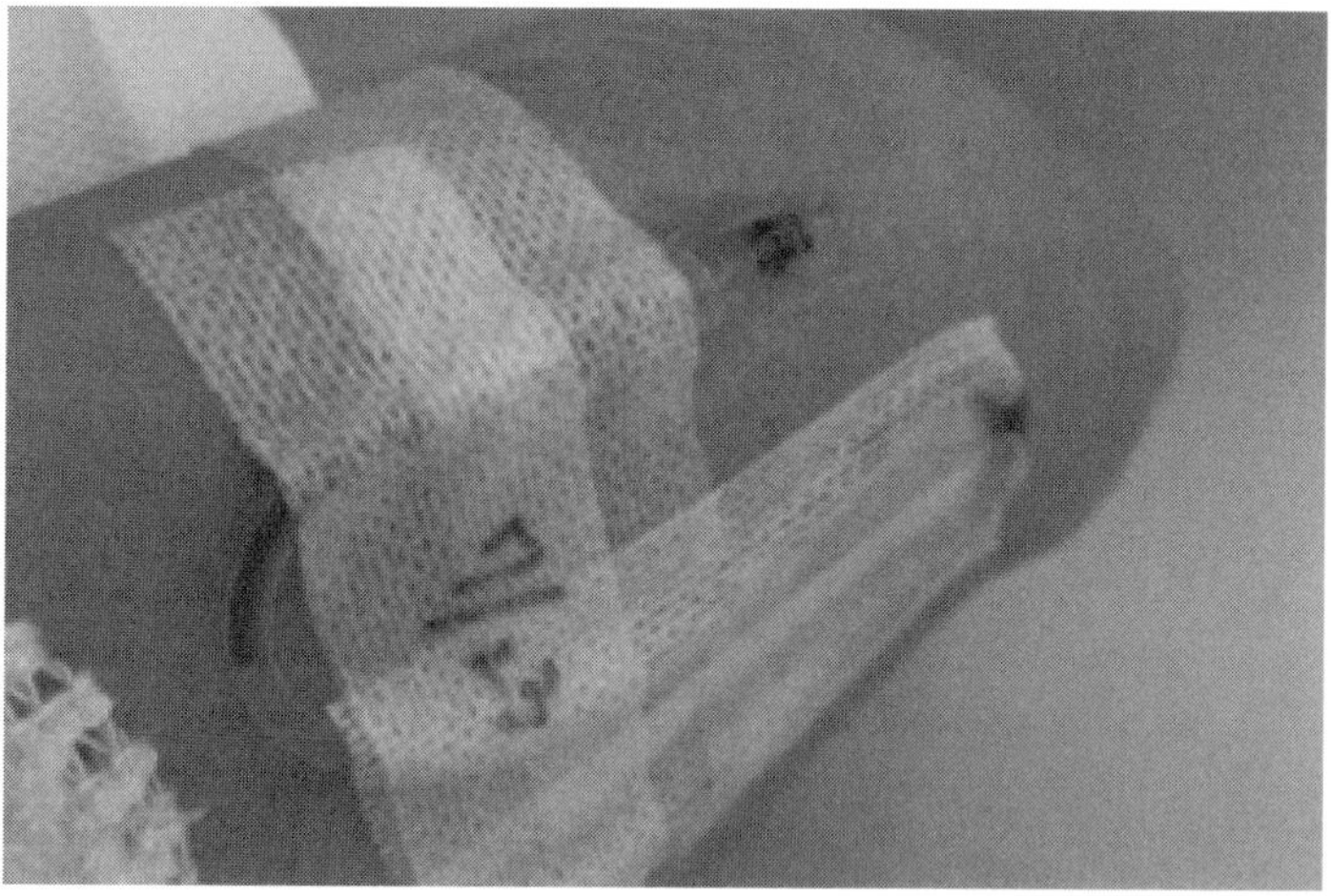
抗がん剤治療後には輸血が必要なことも。献血してくれる人に感謝。しかし抗がん剤治療のため、どんどん血管がもろくなり、ルートを取ることも難しくなってきました。

## 6．看護師さんへの感謝

主治医の先生にもお世話になりましたが、看護師さんたちの存在も大きかったのです。まさに看護のプロ！　感謝しかありません。

副作用で辛い時は、看護師さんに頼ろう！　それがいい！　誰かにお願いしたら、笑顔で「ありがとう！」。これは忘れずに！　必ず終わりはくるのだから！

会社の同僚が、僕を応援する横断幕を書いてきてくれた時は、看護師さんが椅子の上に乗り、壁に貼ってくれました。もし僕が椅子に乗って転倒し、出血するようなことがあれば、血が止まらないからです。看護師さんにお願いするしかありません。

がん患者がいる病棟には、遠くから入院されている患者さんも多いのです。家族が、そう頻繁に来れない場合も多いのではないでしょうか。副作用で腸の調子が悪い時に、大人用おむつをします。申し訳ないですが、その処理などもすべて看護師さんにお任せです。

緊急入院した当初の僕は、看護師さんのアラ探しをするような余裕のない状態でしたが、心を入れ替えて「ありがたい」と思って接するとすべてが好転していきました。

最初から感謝の気持ちで見ていると、実際、看護の業務は感謝に値することばかりです。

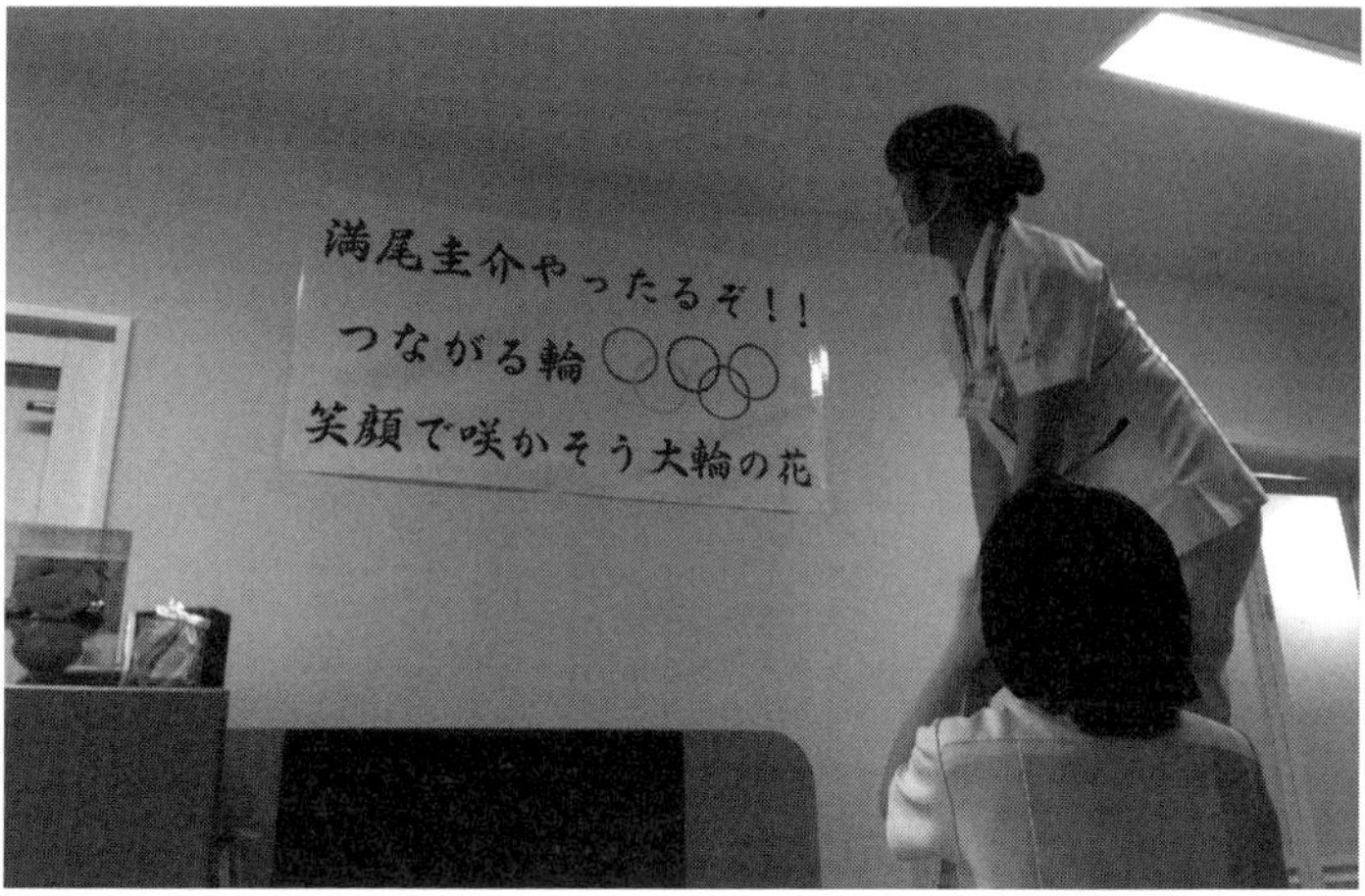

ちょうどオリンピックの時期だったので、友達が僕を応援する横断幕を持ってきてくれました。看護師さんが貼ってくれ、たくさんの想いに包まれる病室。

交代で、常に患者をバックアップできる体制を整えてあり、薬の種類を間違えないようなシステムも考えられています。薬の種類や量を間違えたら、それこそ命取りになる患者ばかりですから、気が抜けません。

　がん患者さんや家族の中には、医療スタッフにひどい態度を取る人もいます。それは治療がうまくいかず、八つ当たりしたいだけかもしれません。生きるか死ぬかという極限状況です。そういう揺れる心にも寄り添ってくれるのが、看護師さんです。

　しかし、文句を言っても病気が治るものではありません。文句ではなく、「できればこうしてもらえると助かるんですけど……」という意見をきちんと言えばいいんです。そんな関係を、看護師さんと作った方がいいと思います。

僕は38歳で入院しましたが、働き盛りの人が寝てばかりだと、〝誰の役にも立っていない自分〟に焦ることがあります。でも、少なくとも〝看護師さんが気持ちよく看護できるような患者〟でいることなら、できるのです。「あの患者さんの看護をするのは嫌だけど、仕事だから仕方ない」と思われるような態度を取ることも選べます。感じのいい患者でいるからといって早く治るとは限りませんが、僕の場合は精神的にずいぶん救われました。医療スタッフの皆さん、本当にありがとうございます。

## 7．きらめく19歳の少女

２０１４年12月24日。骨髄移植に向け、まだドナー待ちの頃です。今日は、一年の中で一番好きなクリスマス。なのに、鹿児島の妻や息子とも会えず、福岡の無菌病棟の完全個室で独りぼっちか。さみしいな……。そう感じていたら、個室のドアをコンコンと、ノックする音が。誰？　家族しか入れないのに。ドアを開けると、「メリークリスマス！」と叫ぶ、可愛らしいスノーマンが立っていました。着ぐるみ姿のSちゃんの手には、真っ赤な長靴とメッセージカードが！

「メリークリスマス！　満尾さんも病院でクリスマス過ごすんだろうなって思っていたから。楽しみましょう！」

もう涙腺崩壊です。彼女は、つい先日骨髄移植を受けたばかり。大量の抗がん剤投与の後、高熱や吐き気、粘膜障害など、色々な副作用が起こっているはずです。そんな彼女が、

「楽しもう！　人生を」

と。一生懸命に今、自分の命と向き合い、きらめいているSちゃん。

「満尾さん、実は私、再発なんですよ。最初に白血病になったのは、17歳の時。花のセブ

ンティーンだったのにぃ！」と、笑顔で語ります。女子高生という人生に二度とない青春時代に、白血病で入院。そして19歳で再発。親御さんのお気持ちを察すると、たまらなくなります。我が子、龍星が17歳で発症したら……。想像するだけで涙がにじんできます。

でも、今この時、すべてを受け入れて楽しむ彼女。素敵でしょ。

僕たち生きてるんだぜ！　どんな状況でも、自分の気持ち次第。最高のサンタさんを、ありがとう。

この翌年、２０１５年のクリスマスにも、〝戦友〟であるSちゃんと再会し、お互い無事を報告し合いました。なんと彼女からサプライズで、手編みのマフラーのプレゼント。それも僕の分だけでなく、妻と息子の分まで。

「素敵なクリスマスをお過ごしください」

って。なんてあったかいのかな。

こんなに人はあったかい。

たまたま同じ時期、同じ無菌病棟にいただけなのに、彼女が僕たち家族の幸せを願って編んでくれている姿を考えると……、涙が止まりません。１年前まで会ったこともないし、年齢も性別も違うし、まったく別の人生を送ってきたのに。

こんな幸せって。これ以上の喜びはないかなって。

ありがとう。Sちゃん。

若いあなたが実現させたいことは、これから僕が支えます。あなたと共に闘った、あの無菌病棟の日々、色あせることあらず。

生きような！

突然病室を訪れたスノーマン姿のSちゃん。骨髄移植のため入院していた時から、一生の仲間です。

# 8. 移植前検査は初体験だらけ

2015年に入り、僕と適合するドナーが見つかったと医師から説明を受けました。いよいよ、3月末に骨髄移植することになり、3月10日は、骨髄移植前の身体検査。今週より、移植時の感染症のリスクを早めに確認するために、いろんな検査が目白押しです。まず初日は、心臓のエコー検査です。20分ほど。心臓エコー異常なし！

2日目は顔面のレントゲン。おいおい、顔面って何？　副鼻腔の検査です。うつ伏せになり、あのレントゲンの板に、鼻と顎を少し触れるようにして撮るのです。少し、顔を浮かせる時間が1分くらいあり、結構きついんですよ。

次が、メインイベントです。第一外科受診。肛門の検査であります。なぜ肛門か？

骨髄移植というのは、僕の免疫力をゼロにして、他人の骨髄液を移植するという手術。この時に、全身放射線と致死量抗がん剤を投与して、僕の免疫力をゼロにするわけです。そこでの副作用から体の粘膜という粘膜が、すべてやられるのです。

健常な人は白血球というバリアもあるのですが、今回の僕はまったくゼロの状態。もし肛門にわずかでも傷があれば、そこからバイ菌が入り、敗血症などにかかってアウト。敗血症とは、細菌が血液中に入りこみ重篤な全身症状を起こす病気です。そのリスクを早く発見して、骨髄移植までに処置をしなければならないのです。

それで、肛門内に傷がないか検査。若い外科医から、

「こちらにお尻を向けて、ズボンを下ろしてください」

男性とはいえ、結構、恥ずかしい……。

「はい、息を吐いてください……」

ローションを塗っている人差し指が全部入ってきます……。

「や・さ・し・く・し・て」

と、そんな趣味は、ございませんことよ。

しかし、肛門つまり腸の中を人差し指がうごめきます。そんな触診って、けっこう痛いやないか〜い！

次に、透明な筒のような感じの太いものが入ってきます。

「はい、これで最後です。息をゆっくり吐いてください」

肛門を拡げられ、中に専用のレンズを入れて確認されます。

はっきり言って力むから痛い。力むなと言われても、難しいんです。

その場で、結果がわかります。

「満尾さん、きれいでした。問題なしです！」

と喜ぶ先生に、僕は、ぐったりして、

「先生……けっこう痛いですよ。はっきり言って気持ち悪いです……」

すると先生は、

「はい。そこで気持ちいいって言われるのもどうかと……（笑）」

そんな感じの移植前検査。色々あります。

満尾圭介40歳、失いました。いい経験です（涙）。

今日も佳き日でした。

一歩一歩。進んでいます。

3月13日には、妻や両親も同席で、骨髄移植について主治医から説明がありました。そして、

「骨髄移植をしたら、しばらく帰れません。最後の外泊を許可します。ご家族との時間を大事にしてきてください」

と、突然、外泊の許可をいただきました。

家族との時間。幸せでした。

## 9．入院時に必要なもの

入院する時、パジャマやスリッパなど一般的なものは病院がリストをくれます。でも僕が経験したことで必要なものは、「縫い目のないスリッパ」です。骨髄移植後、拒絶反応の一つとして表皮がボロボロにむけ、柔らかい真皮がむき出しになります。足の裏が痛くて、歩くのがつらいくらいです。

そんな時、妻が買ってきてくれた底に縫い目のない低反発スリッパがはきやすくて便利でした。健康な時は縫い目のあるなしなんて気にも留めませんよね。でも、皮膚が薄くなると、ほんのちょっとした縫い目でさえ痛くて痛くてたまらない刺激となってしまいます。

また、帽子も必須です。抗がん剤の副作用で髪の毛が抜けるので、寒さや紫外線対策として必要です。病院の売店でも販売されています。でも、事前に自分の気に入ったデザインの帽子を用意しておけば、快適に入院生活を送れますよ！

僕の場合、おいしそうな料理の写真が掲載されたグルメ雑誌も役に立ちました。副作用の味覚障害で、食事がちっともおいしくありません。そんな時、唐揚げなどの写真を見て、味を思い出すのです。退院して食べよう！と治療の励みにもなりました。

# 10. 骨髄移植との闘い

２０１５年３月15日には、骨髄移植のために、ふたたび無菌病棟へ入院。16日、ナースステーションの近くの病室へ移動。これは、移植のためです。そして、骨髄穿刺《せんし》。骨髄穿刺とは、腰に局所麻酔して骨に穴を開け、そこに注射針を刺して骨髄液を抜くのです。造血能力や血液の成熟度、異常細胞の有無などを調べます。白血病患者が必ず通る道です。必要なことだとはわかっています。しかし、骨髄液を抜くときの、あの持っていかれる痛み……。

その後は全身のＣＴ撮影だけで、あまりすることが無かったので、ひたすら体力づくり。歩数計を見ると、なんと1万５０８２歩もテクテクしてしまいました！　移植後は、体力が落ちて、

「あ～歩けたらいいな」

と思うようになるんだろうな。

自分のためです。体力づくりだけは、自分の努力しかない！　やれる時にやる！

これは、いつの時でも大事です！

17日、歯科検診。口腔ケアチェック。これも、かなり大事です。

18日、循環器系検診。朝から絶食です。

移植時に、大量の抗がん剤（エンドキサン）を投与した際、心臓が持つかどうかを検査。

つまり、かなり心臓への負担がある薬らしいです。心臓に負担をかける薬をわざと注射して、心筋の動きをチェックしました。

19日、CV（首からカテーテルを通す）。長く長くお供する点滴のルート。

20日、髄注《ずいちゅう》。背中から針を刺し髄液を抜いて、その抜いた分だけ抗がん剤を投与。時間にして、針が入っている時間は約10分。僕は、この髄注が超苦手！　いや、得意な人はいないでしょう。

検査が目白押しの毎日。ふだんなら、

「早く終わってくれ」

と思うのですが、この時の僕は、なぜか、

「時間よ、ゆっくりゆっくり経ってくれ」

と思っていたのです。そうは言っても、刻々と時は刻まれるのですが……。もう、やるしかない！

ドナー様は、私の生命を助けるために、細心の健康管理をしてくださっているはず。あと少ししたら、ドナー様も入院。本当に感謝しかないです。簡単なことではないのですから。完全なボランティアですし。

進むのだ！

すべてを受け入れて。

乗り越える。

毎日の検査をフェイスブックに投稿して、たくさんの方から励ましのコメントを頂くことで、みんなに包まれていると感じます。僕の気持ちまで、あたたかくなります。

移植まで残り9日。今日から、目前となった骨髄移植のために、お薬も増量されました。合計20錠。なかなかの量です。

移植まで残り1週間。ついに、首のCVと抗がん剤の点滴がつながれました。とことん、と入ってくるのを感じます。一抹の不安が入り混じります。でも、もう受け入れるしかありません。

前に。

前に。気持ち強く。

移植まで残り6日。今日から大量の放射線照射を行います。

僕の免疫細胞が残っていると、移植されたドナー様の幹細胞を、

「敵だ！」

と見なして、攻撃してしまいます。いわゆる拒絶反応ですね。今まで、強い免疫抑制剤や抗がん剤を投与してきたのですが、これからは、放射線照射で自分の免疫細胞を破壊していきます。

ついに、未知の領域へ。副作用としては、強い吐き気や下痢などがあると聞いていましたが、本当に苦しい吐き気、頭の重さとの闘いです。

昨日の時点で、僕の白血球の数値は３７００でした。朝の放射線で、１７００まで下がりました。

夕方5時ころ、本日2回目の放射線。これで、さらに数値が下がりました。

ムカムカ。きつい。味わおう。がんばろう。実際のところ、この放射線治療はきつい！

でもまだこの日は、１日目。

「逆境を楽しめ！」

「きついことが満尾さんのドラマづくりです！」

この言葉を頭にめぐらせ、前だけを向く。

全身放射線は3日間、朝夕1回ずつ。放射線を照射されても、特に痛みがあるわけではありませんが、徐々に体がだるくなってきます。元気ハツラツとは程遠い状態です。

この時、自分の体調の悪さよりも「ドナー様の骨髄」の貴重さを感じ、それを守ることばかり考えていました。そして、「僕と同じように白血病で苦しんでいる人も、骨髄移植で命が助かるケースがあるんだ。骨髄バンクのドナー登録数をもっと増やすことはできないだろうか」と、漠然と考えていました。なるべく多くの方に骨髄バンクに登録してもらえば、ＡＳＡＰの患者さんも助かる確率が高くなります。

日本骨髄バンクのホームページによると、「骨髄バンクを通して移植が必要な人は年間２０００人以上」と書かれています。

## 11. ついにドナー様の骨髄液を移植！

骨髄移植の体験記を読み、こういう症状が来ると心構えがあると、少しは気が楽でした。そこで僕も、ご参考までに自分の体の変化を記録します。

２０１５年3月30日、僕自身の免疫システムをゼロにして、いよいよドナー様の骨髄液が移植されました。これで、移植した造血幹細胞が骨髄で白血球をつくり出すのを待ちます。

翌31日、前処置で何度も放射線を照射した結果、体のほてりを感じます。皮膚は、やけど状態で、もうかなりの激痛です。

明日、明後日ぐらいから、白血球がゼロになるはず。ここからは本当に、感染症には気を付けなければなりません。移植前から妻が用意してくれたのは、割りばしや紙コップなど使い捨てのものです。茶渋がたまったりすると菌が繁殖してしまいますが、それすらも僕にとっては危険なのです。

4月1日。皆さんは新年度ですね。僕は昨夜から、ついに下痢との闘いに突入し、今朝から、大人用おむつ着用。気持ち的にへこみますね……。

放射線によるやけどがひどい。痛さは10のうち10！　痛くて、眠れません。まあ、これも修行である。ここまで来たのじゃ。すべてを受け入れ、すべてを味わうのじゃ！

4月2日。体温37度6分。下痢に加え、吐き気やだるさも。舌の粘膜が、はがれ出しました。血小板輸血スタート。だるさと共に気力もどんどん落ちてきます。

4月3日。白血球の数値がどんどん減り、1マイクロリットルあたり50（正常範囲は上限8600、下限3300）。まだ下がるとのことです。

熱が出たり、下がったり。全身がかゆい！　足の皮膚の痛さは、10のうち8へ。

4月8日。熱を下げることに成功！　昨日は、熱との闘いが始まると思い、体力温存のために早寝。ベッドがガタガタ震える熱の出方で、38度6分ぐらい。一番嫌いな抗がん剤の副作用が、このガタガタ熱なのです。次に嫌いなのが、全身のかゆみ。

ガタガタ熱に襲われるのは、いつもトイレの後。体温が下がるからなのか？　そこで作戦を練りました。それは、「トイレに行かず、布団をかぶって熱を限界まで上げきる作戦」。これが成功！　熱が上がる時には、かなり体力は奪われますが、上がりきってしまえば、後は解熱剤様にお任せです。

## 12. 味覚障害のせいで、食べたくなくなる！

移植前の放射線照射により味覚障害が生じます。放射線照射5日後くらいに、まず唾液が出なくなり、お口の中はネバネバになります。さらさらの唾液ならペッと吐き出せるのですが、ネバネバだとそうもいきません。ベッドで唾液を吸い出す機械は必須ですね。

その後で、味覚障害が発生するのです。甘い・辛い・すっぱいなどの感覚が、全くなくなってしまうのは、かなりきついです。よく「砂を噛んだよう」と言いますが、本当に味のしない砂を噛んでいるような感覚でした。まずもって、何の味もしない！　だから口から食べ物を摂るということが、かなり苦痛になってきました。

そこで管理栄養士さんに相談しました。

「口内炎がこうで、味覚障害がこう。この状況で口にすることのできるものには、何がありますか？」

すると、一つ一つのおかずから飲み物に至るまで、サポート食を提案してくれます。自分にとって勉強になりました。同時に、「そこまで無理して、なんとか口に食べ物を運ばねばならないのか」と、経口摂取の大切さを再認識させられました。点滴での栄養摂取ではなく、口から食べることが胃や腸を動かすことにつながるため、無理してでも口から摂りました。

アイスクリームやゼリーなどカロリーが取れて、どうにか口に入れられる物も出してくれました。栄養士さんは栄養面だけではなく、食事が楽しめる工夫もしてくれます。よく病室を訪れてくれて、「今、ごはんどうですか?」と確認され、高カロリーの物や、ゼリーなど当たりのいい物を用意してくれました。僕の場合、味で言うと、瓶の海苔はＯＫでした。専門家に相談するのは、かなり大事です。患者さん個人個人に合わせて、なるべく希望をかなえてくれます。

甘い物が好きな人は、プリンなどもいいのかもしれませんが、僕はあまりスイーツを食べたいとは思いませんでした。

妻が言うには、

「おやつまで食べる元気はなかった」そうです。

味覚がもとに戻るまで、３か月はかかったでしょうか。しかし、時が解決します。

食べられなくても高カロリーのゼリーなど、工夫しました。

## 13. 皮膚のＧＶＨＤ（移植片対宿主病）

骨髄移植の前後、ヒ素や抗がん剤投与による副作用で、皮膚に炎症が出てきます。その時の感覚は、とにかくかゆい！　皮膚が薄いので少し掻いただけで皮膚がただれてきます。骨髄移植の前も、あまりにもかゆくて、眠れない夜もありました。医師に、かゆみ止めの飲み薬を処方してもらいながら、がまんしました。移植後は、骨髄中のドナーさんからのリンパ球が僕の体を異物とみなして攻撃することで、僕の場合、皮膚に皮疹・かゆみ・赤みが強く出ました（ＧＶＨＤ：移植片対宿主病）。

かゆみへの対処で効果的なのは、冷やすことです。アイスノンや保冷剤を患部にあてると、冷たい刺激でかゆみがやわらぎ、楽になります。ところが体の一部だけを冷やすと、その部分の体温がもとに戻る時に、より一層熱く感じるのです。かつて流行った「倍返し」どころか、「三倍返し」くらいです。最初のかゆみの方がましと思えるほどの、とてつもないかゆみが起き、皮膚そのものを冷やすことを断念しました。

そこでエアコンで室温を下げました。すると当然体温も下がるので、かゆみが緩和しました。しかしエアコンは湿度も下げるので、皮膚が乾燥してしまいます。それがまた、かゆみをもたらすので保湿もとても重要です。全身にワセリンとステロイド剤を塗ります。正確に言うと、妻に塗ってもらいました。他の患者さんに教えてもらったキュレルという保湿のジェルローションも、役に立ちました。

かゆい時はエアコンで室温を下げ、スキンケアをするべし。

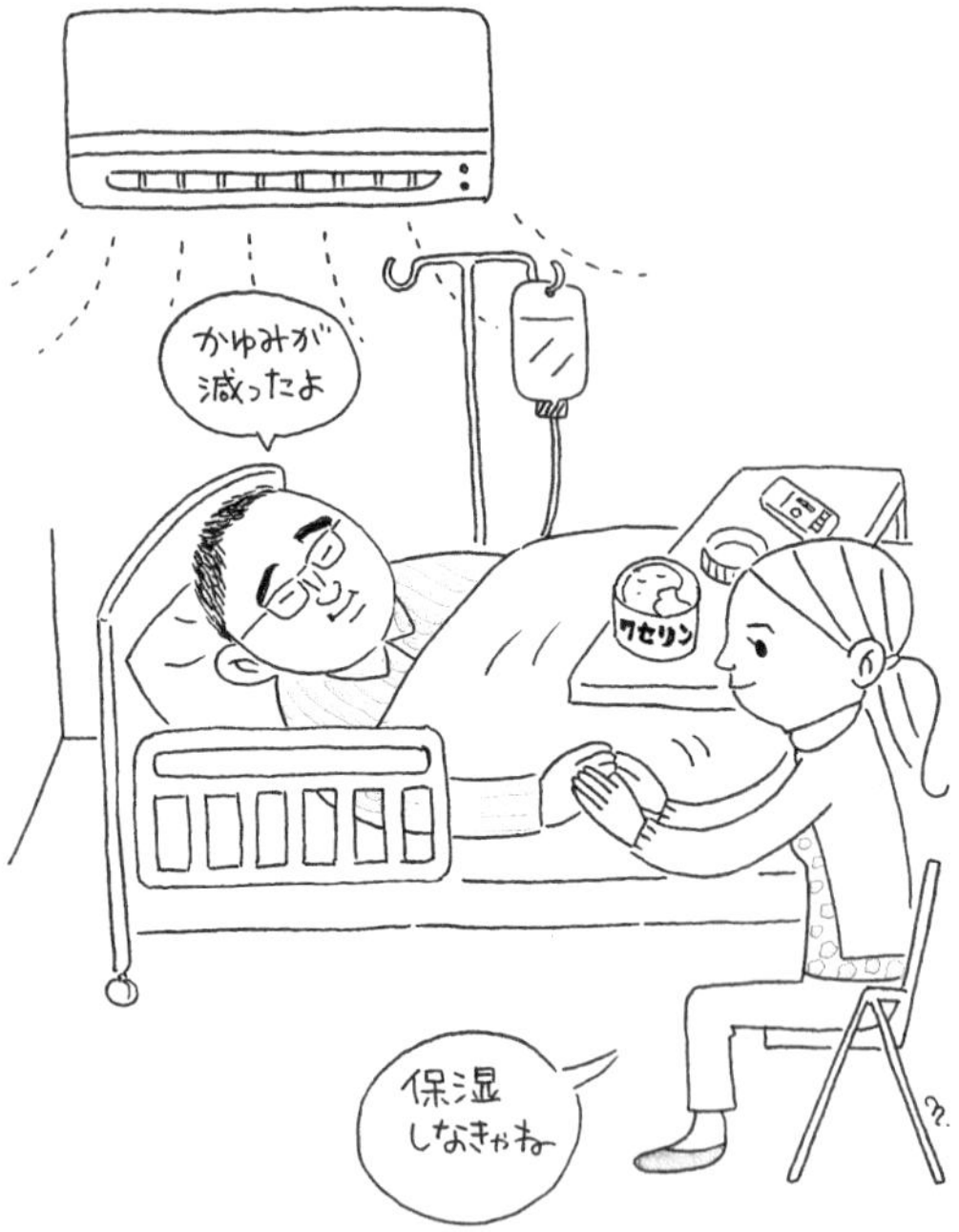

# 14. ついに生着！

僕の白血球をゼロにして、ドナー様の造血幹細胞の生着を待っているのですが、移植から14日目に、担当の医師から、

「白血球の数値1マイクロリットル当たり500以上が3日続くと生着となります」

と言われました。13日目は白血球450、14日目1170、15日目2280、16日目4230と、ついに下限値3300を超えたのです！　すごい、すごいぞ満尾くん！

宮本先生からも、

「とっても順調だね。こりゃいいぞ！　この生着は大きいぞ！　良かったね！　あと少しや、がんばれ！」

と褒められました。それほどの数値なのか。こんな短期間で生着したことと、僕の状態が、すごく良いらしいのです。確かに14日目以降、皮膚には少し炎症があるものの、お尻の痛さや口内炎など、すさまじい勢いで良くなっています。すごいぞ白血球くん！

高用量ステロイド剤の投与はまだしていますが、あの重度の皮膚GVHDは、抜けました！　今は、血球回復の時に起こる腰の痛さとの闘いです。

きついのが、真夜中のトイレです。なぜか夜中から尿意が起きるのです。それも30分や1時間おきに、トイレに行きたくなります。毎晩ですよ。ぐっすり眠れないことが、これほどつらいとは……。

でもまあ、これも闘病時の思い出の一つでしょう。後では、苦行の方が思い出になっているはず。しかし、この生着の山は、大きい！　移植前処置が1の山！　骨髄移植が2の山！　この生着が3の山！　最後の山まで、あと100日。急性GVHDと感染症との山です。

しかし、白血球が正常値まで上昇していることで、感染症との闘いはいくぶんかバリアが張られたはずです。もちろん油断は禁物ですが、順調のようです。毎日1万歩、がんばって歩いて基礎体力を付けてきたのが効いたと思います。努力は、必ず報われる！　皆様の祈りや想いが、どれほど支えになってくれたことか。

4月17日。骨髄ドナー様。僕、生きています。生命を頂き、本当にありがとうございます。お会いして、お礼が言いたいです（無理ですが）。

4月18日。生着を果たしたのですが、血小板と赤血球は、まだ輸血を続けなければいけない状況です。皮膚の状態もかなり良くなって来たかな、と思いきや、やはりドナー様の血液と僕の体が完全には融合していない感じ。また皮膚の炎症が出始め、かゆみが始まりました。治るのか……と、不安が頭をよぎります。この不安こそ、一番の敵なのです。今やれる努力を、おこたらずにやる！　それだけです。

ドナー様からの造血されている血液さんへ。ありがとう。僕の体の中にいる、目に見えないがん細胞とも戦ってくれているんだよね。早く一緒になろうね。

4月21日。朝は調子が良かったのですが、1時間後ぐらいから、だんだんと熱が上がり、解熱剤を使うと下がりました。しかし、また上がり、また解熱剤。その繰り返し。うーん、厳しい……。しかし、高熱は出ているものの、血液の菌の培養から感染症などにはかかっていないと判明。ホッとしました。

まだまだ皮膚のGVHDがくすぶっており、高用量ステロイド投与は継続中です。主治医に話を聞くと、今は薬の量を2倍にするか検討しているところで、とりあえず様子を見ようということです。2倍の量にすれば、状態は良くはなるのですが、かなりの確率でステロイド性の糖尿病になるリスクや、感染症にかかるリスクが上がります。むくみやムーン・フェイス（満月様顔貌《まんげつようがんぼう》）にもなります。そういうステロイドを少しずつ減らしていくのに、約60日を要します。

しかし一番良いのは、悪化せずに生き残ること。医療スタッフにすべてを委ね、自分はできることをやります。

4月22日。昨晩は、熱が出なかった！　今日も一日、熱が出ないことを祈るのみ。絶対、無理しないぞ！　平日の昼間、外の皆様はお仕事でしょうか。主婦業、営業、総務業、さまざまなお仕事。働く皆様の、周りの方々が笑顔になりますように。満尾圭介のお仕事は、まずは復活すること！

4月24日。主治医からの報告で、
「血小板の数値が、維持できています。輸血がいらなくなるかもしれませんね。これから第2波が来るところなので、気を抜かずに行きましょう！」

これは、かなり大きな一歩です。僕にできることは、うがい・手洗い・口から食べる（腸を動かす）こと・無理のない範囲で歩くこと（無菌病棟のフロアを1周ずつでもいい）。皮膚のただれは、小康状態です。

4月25日。本日も体調安定。朝の採血の結果、安定的に造血しているようです。熱も、だるさも何もなし。少しずつ歩いても大丈夫だとお墨付きを頂きました。

担当してくれる医師たち全員が口をそろえて、
「骨髄移植から1か月未満で、この数値だなんて。血液の推移も何もかも、優等生です。満尾さんが努力をしてきた結果が、今ここに表れていますね」

お世辞だったとしても、嬉しいお言葉です。今日は朝から歩いて、病棟のフロアを合計

5周。産まれたての子牛みたいなプルプル脚だけれども、徐々に、でいいのです。すべては、小さいことの積み重ねだから。

4月26日。ずっと無菌病棟で付き添ってくれていた妻が、鹿児島へ帰っていきました。一番きつい状態の僕を、隣で見守ってもらい、心強かった。ありがとうだけでは、言い尽くせません。移植前の、重度の皮膚症状の時から、ずっとワセリンとステロイド剤を全身に塗ってくれたり。味覚障害の僕が「コンビニ○○の焼き鳥が食べたい」と言えば、わざわざ、そのコンビニを探し、指定の商品がなければ別の店舗まで足を運び、慣れない福岡で僕が食べやすいものを買ってきてくれたり。看病とは、簡単なものではないというのが本音です。あなたが妻で良かった。

4月28日。骨髄移植後10日目から、点滴ではなく、少しずつでも口から栄養を摂取しようと思い、実践してきました。最初は、口を付けて吸うタイプの栄養補給ゼリーだけ。味覚障害で塩味から醤油系・カレーなどの香辛料系がまだ感じません。甘みは、かすかにわかる程度です。お粥・牛乳・豆腐など味を付けない状態でも大丈夫だったので、努力して食べました。早く点滴を少なくするために。

そして、ついに栄養の点滴がなくなりました！　点滴を落とす機材も、1つはずれたのです。

ステロイドも本日より10％落とすことに。少しずつでも、前に進んでいます。夜中のおトイレが、3回から2回に減れば嬉しいな。ゆっくり眠れるから。

4月30日。骨髄移植より1か月。本当に順調です。あえて言うなら、皮膚の炎症と味覚障害が少し。体のだるさや熱などもなく、順調に造血してくれています。

実は移植して2週間後、嬉しいことがありました。4歳の龍星から「はじめてのおてがみ」をもらいました。入院中は妻の実家に預かってもらっていますが、義母と一緒に初めて鉛筆を持ち、「パパ　ママ　だいすきよ」と、一生懸命書いてくれたのです。2回目は、「自分でも書いてみるの～」と、挑戦したそうです。鉛筆の持ち方も不慣れで、小さな指でにぎりしめるような感じなのが、文字からうかがえます。涙があふれて、止まりません……。

パパが白血病になった2歳の時から、たくさんお留守番させているよね。

「ねえねえ、パパ。いつになったら、パパの〝痛い痛い〟は終わるかな～」

「りゅうせいは、ずっとずっとパパのこと、お祈りしとくからね」

と、言っていた龍星。もう次にパパが家に帰る時は、ずっと三人で一緒にいられるよ。大切な宝物。パパとママを選んで生まれてきてくれてありがとう。

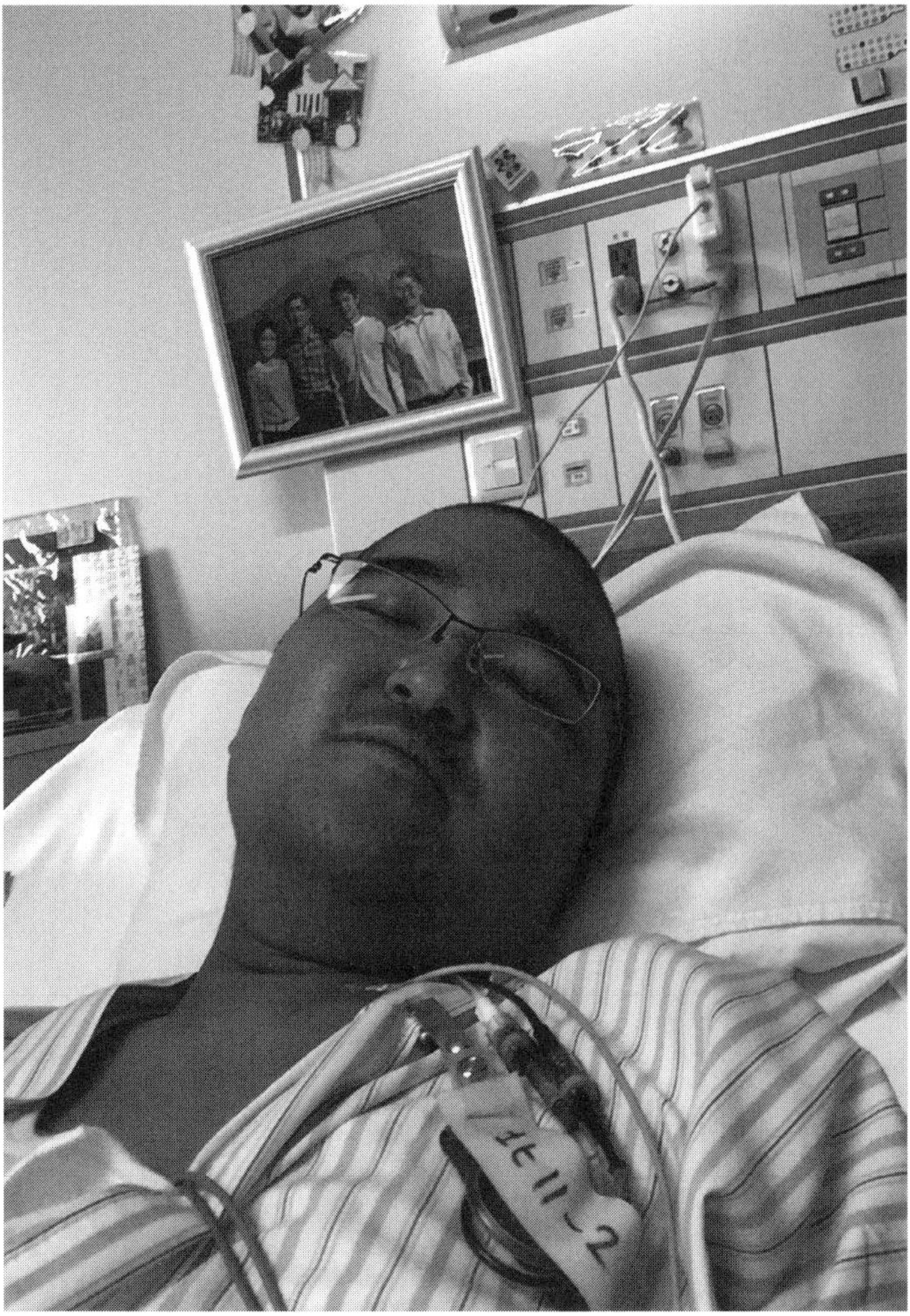

自撮りの時は、なるべく笑顔を心がけて、フェイスブックにアップ。これは寝ているところを家族に撮られました。

## 15．骨髄移植から約3か月。もうすぐ退院？

6月27日。かゆみが少しと、手足の震えがあります。この震えを何と表現すればいいのか。ちょっと長く正座をした後の、かゆいようなジーンとした感じ。それがずっと手先と足にある状態で、ムズムズ……。これが続きます。

血液検査では、血糖の数値以外はオールOK！　このまま、このまま。

もうすぐ退院できそうです。でも、これをしてみよう！　あれもできるのでは？　そんな欲は出しません。今の状態を維持。この大切な刻《とき》を感じ、今日も大切に過ごします。

実は昨日、妻からLINEで、知らされました。

「ニュース速報です。満尾龍星くん4歳が、38度1分の熱発にてK小児科を受診しました」

風邪か？　菌を持っている息子とは、触れ合うことができないではないですか！　今日は、体温36度8分に下がったそうですが、来週の退院時には、確実に治っていてほしいです。

6月28日。この世の中、偶然ではなく、起こることは必然。それは、なんとなく、わかっています。しかし自分が白血病になり、しかも3回も入院。骨髄移植までするはめになったのはなぜなのか。今、反省するのは、「家族に対して感謝の気持ちが足りなかった」ということです。2014年8月2日に、白血病の再発から復帰した退院時でさえ、家庭よりも自分の利を優先する僕がいたのです。「仕事だから」と言い訳をし、自分の思うがままに行動していた。そのせいで、再々発したのかな。神様は見てるな……。何でも「妻がやってくれて当たり前だ」と思っていました。なぜ？　妻だから？　僕が病人だから？これからは態度を改めます。

6月30日。ステロイド投与を、30㎎から25㎎へ減量。皮膚の炎症、かゆみ、震えが若干。そして退院が7月4日に決定！　やった！

7月1日。主治医と担当看護師さんより、「退院後の生活、感染症についてのおさらい」が言い渡されました。

「感染症で再入院したら、ＩＣＵの確率が高いです。退院後は、本当に気を引き締めて感染症対策をしてくださいね」

ＩＣＵ（集中治療室）に運ばれると、弱っていく方が多いのです。ウイルス感染。肺炎。敗血症……。そう考えると、3日後に始まる、無菌病棟とは違う自宅での生活に対しての心構えができます。これまでの努力を一瞬で崩すまい。

厳しく言われたことは、
・人混みに行かない。
・外出時は、つねにマスク着用。
・完全日焼け防止、ＵＶガード、日焼け止め。
・手洗い、うがい励行。
・できるだけビニール手袋を着用。
・以下は禁止。土いじり・工事現場に行く・ペットなど動物にさわる・大衆浴場やプール。

食事に関する注意は、別項で書きますが、とにかくグレーゾーンのものは、すべて除くこと！「これぐらいはＯＫなんじゃ？」という安易な判断で、生命を持っていかれるわけにはいかないのです。決意表明！　妥協なし！　一緒に食事する皆様、ご協力よろしくお願いいたします。ずっと僕を見張っていてください。そして感動の再会の時に、ビニール手袋をはめていることをお許しください。

７月３日。退院を明日に控えて思う、僕の夢。それは、光になりたいということ。たくさんの人に力を与えたい。生かされた、この生命。世界で一つの輝く光になりたい。「ミッチーに会って元気が出ました！」って言われたいんです。笑顔だけが取得の僕。意味があるこの経験を、講演などで伝えていきたい。これが、私の使命です。

7月4日。白血病の再々発から、ついに寛解退院。外に出た瞬間まず感じたのが〝風が吹いていたこと〟。ずっと無菌病棟で風のない生活をしていたのです。当たり前のように暮らせる日々が、どんなに幸せなことか。父の運転で病院から真っ先に向かったのは、妻の実家。

息子に会いたい！　玄関で義母が、

「龍ちゃん、まだ咳が出るから、パパにさわったらダメよ」

と、肩を押さえています。しかし龍星は我慢できないのか、

「パパ！」

走ってきて、しがみつきました。待たせてごめん。パパも龍星に会いたくて、病気と闘って勝ったんだよ。僕の大好きな幕末の偉人、坂本龍馬のように強く、星のように輝く男に育ってくれ。

## 16. 骨髄移植後の食べ物の制限。これがつらい！

骨髄移植をした後、免疫力が下がっているので、菌に感染しないように、食べ物にも非常に気を遣います。

制限期間は、免疫抑制剤が中止になるまで。大体、移植後最低1年間だそうです。

- なまもの

刺身、半ナマも×。寿司も当然×。

- 生卵

半熟卵も×。卵かけご飯も当然×。親子丼の半熟もカツ丼の半熟も×。

- 貝類

これはすべて×。火が通っていようがいまいが×。カキフライも×。

- 肉

完全に火が通っていなければ×。ミディアムとか、少しでも中が赤いのは×。もつなどの内臓系×。

- サラダ

よく洗ってすぐのものは◯。

・生クリーム×。

だからショートケーキは×。僕の大好物のファミマのエクレアも×。

・鍋

大勢で鍋をつつく時の、直箸は×。菜箸を置いて、全員がそれを使うか、僕が最初に食べるか。あるいは1人鍋にするか。みんなで鍋を囲む楽しさ半減ですが。

・フルーツ

皮が薄いものは×。

イチゴは×。

ブドウは、きちんと皮を剥いて！

グレープフルーツ×。

ほかにもあるかもしれませんが、僕が勉強した範囲内では、以上でした。

1年や！

1年過ぎて、免疫抑制剤が抜けたら寿司三昧や！

鶏刺し、馬刺し、牛刺し！

想像するだけで、う～もう幸せ～。

絶対負けへんで～！

移植前の一時退院の時は、かなり食が大事なのです。しばらくは食べられません。ひと口ひと口を噛み締めて、味わいます。

飲食店など食に携わっていらっしゃる方は、本当に、たくさんの人に生きる気力を与える仕事だと思います。美味しいものを食べさせていただき、心から感謝です。

僕が食べることが大好きだと知っているSちゃんに、きつく言われました！

「満尾さん！　卵があたって死んだとか、なしにしてくださいよ！　わかりましたか？」

とても10代の女の子とは思えない、しっかり者です。ありがとうSちゃん。

column

## 骨髄移植後に妻が気を付けた！
## 食に関するチェックポイント

**① 買い物**

★お弁当を買うのは、コンビニや大手のお弁当店、デパート等はＯＫ。衛生面を厳しくチェックしてあるから。

★コンビニのパン（袋詰め）はＯＫ。衛生管理の行き届いた工場で製造されるから。

★店内で焼いたパンを、自由にトレーに取る店はダメ。お客さんの唾液や咳などが飛んでいる恐れがある。

★買う時、賞味期限や調理した時間をチェック。なるべく調理２時間以内のものを選び、買ったらすぐ食べる。

**② 食べ物の管理**

★買ってきた生鮮食料品（肉・魚・野菜・果物など）
⇨購入日を記入。

★パスタ・乾燥わかめ・ジャム・海苔・ドレッシング・調味料など
⇨開封日を記入。

★冷蔵庫をチェックして、期限切れのものがないように！　庫内の掃除もこまめに行う（特に野菜室）。

★料理は、しっかり加熱する。調理後２時間以上たったものは食べさせない。

★生もの・貝類・モツ（内臓系）はダメ。

★厚めの肉（ステーキ肉など）は、加熱不足の恐れがあるのでダメ。焼肉など薄い肉はＯＫ。

★サラダなど生野菜は流水で充分洗って、すぐ食べる。
⇨外食のサラダバーなど不特定の人が触れる恐れがあるものはダメ。

# 17. ついに寛解！　退院後の生活は？

２０１５年７月４日、白血病入院生活からの卒業の日。総治療日数は、８３２日（２年３か月以上）にもなります。40代になり、会社の同期は実績を重ね、社会的地位も高くなっているのに、自分は無職です。闘病期間が長くなってしまうと、社会から取り残されていく思いが、かけめぐります。

しかし、がんにかかるという経験は、人間として成長させていただいた、神様からの素晴らしい時間でした。家族への感謝。人とのつながり。大勢の方からのあたたかい気持ち。本当に、たくさんの方々に支えていただきました。龍星は咳が止まらず、妻の実家にいるので、退院した日は、妻と二人でゆっくりゆっくり今までのふり返りをしました。幸せな時間。

７月５日の体調は、まだかゆみは少し。熱なし。食欲あり。元気よ〜し！

マイホームでの生活自体がリハビリです。病院の建物は、バリアフリー。しかも入院中は、ほとんどベッドの上だけの生活で、体力が落ちています。自宅で、何よりも体力を使うのは、床から立ち上がることです。脚の筋肉がプルプル……。トイレに行くにも、バッと立ち上がることはできません。ゆっくりゆっくり。カメさんで。

しかし、それでも我が家が最高！　最幸！　これからが満尾圭介、第２章スタート！

明日からは、どんなドラマが待っているのか、楽しみです。

７月９日。九大病院へ、退院後初の外来受診。数値は最高！　最幸！

７月12日。自宅でゆっくりと緑茶を味わいました。感染症予防のため、病院では粉末にお湯を注いで、飲んだら紙コップを廃棄していたんですよ。茶葉でいれたお茶を、陶器で飲むだけで、こんなにおいしいとは。

症状としては、慢性ＧＶＨＤなのかなという皮膚のかぶれ。口内炎が少し。あと、知覚過敏に、いきなり襲われ、びっくりしました。いきなり来るものなんですか。自分の気持ちを保つ上でも、フェイスブックに現状をアップすると、たくさんの方から情報を頂きました。

「感染病予防と思って口腔内ケアをがんばり過ぎると、知覚過敏症、歯肉に傷を付ける」

「知覚過敏症用の歯磨き粉シュミテクトを使うといい」

「ソフトな歯ブラシを鉛筆持ちにして、歯磨材を使わずに磨く」

「舌は後ろから前へ舌用ブラシで」

７月13日。外来受診の翌日10日から、ステロイドを25㎎から20㎎に減量。すると、この

3日間で影響が……。そう来るか。口内炎に加え、口が乾燥する感じ。ちと、つらいです。でも、たくさんの方から、いろいろ教えていただき、痛さ軽減できました。

皮膚も赤くなり、少しGVHDが出ています。顔に熱を持っている感じですが、実際の体温は36度8分くらい。もっと悪化すると、37度2分ぐらいになります。

よく考えると、100日前に、ドナー様の血液と総入れ替えの手術をしているのですよ。そりゃそうだ。いろいろ反応があって当然。生きてるんだぜ！　味わおうぜ！　これもドラマづくりです。

7月20日夜7時。ああもう、自宅でゆったり、お風呂に入るだけで幸せを感じずにはいられません。病院ではシャワーのみだったので。湯船にザバーッと、至福のひととき。贅沢ですね。皮膚も、だんだん良くなってきています。

口内炎は舌の右側に4つ、左側に大きめのが2つ。痛くて、何もしたくありません。ひどかった知覚過敏もシュミテクトで歯磨きし、口をすすぐのはお湯で。さらにお湯とイソジンでうがいし、マウスリンス。この方法で、かなり改善しました。本当にありがとうございます。おかげ様で右の口内炎はほぼ治りかけ、左があと1個。お湯でのうがい、しみなくていいですね！

体力的には、まだ無理はしません。紫外線の少ない朝の時間、散歩を20分。口内炎がつらい時は、さぼりがちでしたが甘えるな！と心を入れ替え、少しでも散歩。そのおかげで自宅の階段15段は、かなり登れるようになりました。

7月28日。朝7時過ぎに朝食を待っていると、妻が、

「今日は、パンとお味噌汁でもいいかな？」

もうすぐ仕事に向かわないといけない妻。僕は、感染症などのリスクを考えると、肉や魚、生ゴミなど細菌が繁殖しがちな台所には立てないので、無意識に「妻が台所で朝食をつくるのが当たり前」と思っていました。以前なら、「こっちは病人だから、何でもやってくれるのが当た前」という気持ちになっていたのです。

でも、白血病で長く入院して気付いたことは、病人だからって甘えているだけではいけないということです。症状がつらくて、できない時は、任せていいんですよ。でも、できる時は、甘えずに自分でもしなくちゃいけない。病人は、「自分が一番つらい」と感情的になりがちなんです。でも、つらいのは病人だけじゃないんです。自分の夫が生きるか死ぬかの状況なのに、それでも仕事や介護や家事をしたり、小さな子どもの看病もしたり……。みんな、いろんなことを抱えて、がんばっているんですよ。当たり前に、こうやって家で暮らせることが、どれだけありがたいか。

毎日毎日、感染症に気を付けながら料理を用意してくれる妻。本当にありがとう。明日

は、あなたの誕生日ですね。寛解退院、間に合いました。一緒にお祝いできる。良かった、本当に。その2日後は、龍星の誕生日！　最幸です。いつも支えてくれてありがとう。今日は、気持ちも体力も乗っているなあ！　全力投球でいくぞ！　あ、休みながらね（笑）。

こんなふうに、少しずつですが、白血病で失った日常を取り戻していったのです。

column

## 骨髄移植後に妻が気を付けた！
## 暮らしに関するチェックポイント

**① キッチン**

★菌が繁殖するので、お茶葉を入れる急須はダメ。茶渋も菌の温床。ティーバッグや粉の緑茶ならＯＫ。

★使い捨てできる紙コップや割り箸を使う。
⇨骨髄移植の前は、割り箸を切らさないように大量に買い置きした。

★生ゴミの三角コーナーはもちろん毎日洗うが、シンクも毎日、洗剤で洗う。
⇨水滴が飛んだところに菌が発生するので、水気を拭く。

★コンロの吹きこぼれ等に菌がたまるので、きれいに拭く。
まな板、スポンジも除菌する。まな板は、野菜用と肉・魚用で分けて使う。

**② 住まい**

★ソファや脱衣所など、家じゅうにむけた皮が落ちるので、掃除機を毎日かける。
⇨皮膚片とホコリをためないように。

★洗濯槽のカビ取り剤なども使い、定期的に掃除する。

★日光を遮らないといけないので、長袖のＵＶカットの服（下着も）。つばの広い帽子を使う。

★使い捨てできる不織布マスクを箱買い。

★ビニール手袋は、一日何枚も使い捨てする。
⇨手袋を通してもスマホがいじれるものがいい。サイズや厚み、フィット感など数種お試ししてから、大量に買い置き。（パウダーフリーのものが良いかも）

★エアコン清掃は、本格的に使用する前の春・秋頃に業者へ依頼。

やっと会えた！　待たせてごめんね。君とママを守るよ。

# 第三章

# 治療時や退院後のお金はどうすれば？

## 1．お金の不安なしに治療に専念したい

白血病と告知され、その場で緊急入院した僕。会社はもちろん、お休みするしかありません。いつまで入院が続くのかわかりません。いや、退院できるのか。それすら、わからないのです。

一番心配なのは、生命です。誰でも、そう思うでしょう。でも、精神的に追い詰められるのは、実はお金に対する不安なのです。一体、いくらかかるんだろう？　貯金で足りるのか？　足りなかったらどうすればいいのか……？　大病で治療期間が長くなった場合、どれくらい費用がかかるか想像できますか？

白血病を発症した最初の入院が、２０１３年３月25日～９月28日の約半年。再発して鹿児島に入院したのが、２０１４年２月14日～８月２日の約半年。再々発とのサードオピニオンで福岡に入院したのが、２０１４年10月21日から12月30日。骨髄移植のドナーが見つかり、移植のために再入院したのが２０１５年３月15日～７月４日。２年３か月以上、８３２日もの間、入退院・通院を繰り返しました。サラリーマンだった僕の収入と、その時にかかった費用をご参考までに紹介します。

緊急入院した当時、月収は手取りで35万円くらい。20年前から、医療保険には加入していました。入院保障が1日1万円、60日間まで支給されるタイプです。しかし、若くて体力にも自信があり、がん保険には加入していませんでした。これが大きな失敗でした。失業保険やがん保険などについても追って書きます。

まずは国の「高額療養費制度」について説明します。がんなどの大病にかかって高額な医療費がかかったとしても、収入や年齢に応じてお金が戻ってくる国の制度です。レントゲンや手術、薬などの治療費には適用されますが、差額ベッドや食事、テレビカードなどには適用されません。また、骨髄移植などの先端医療も適用外です。

医療機関や薬局の窓口で支払う医療費が1か月の上限額を超えた場合、その超えた額を支給してくれます。1か月は「歴月（1日〜末日）」で、たとえば入院が3月25日から4月24日の31日間だったとしても、「3月25日〜3月31日」と「4月1日〜4月24日」の「2か月」に分け、それぞれ上限額を超えた場合のみ、高額療養費制度が適用されるのです。上限額は115ページの表のように年齢や年収に応じて定められています。その一定金額を超えた月が4か月以降、つまり長引く場合は、自己負担額の上限がもっと下がります。

僕は70歳未満で、年収が「約370万円〜約770万円」の範囲だったので、3か月目までは自己負担額の上限が「8万100円＋（医療費－26万7000円）×1％」です。

たとえば総医療費が100万円だったとすると、「8万100円＋（100万円－26万7000円）×1％」で、自己負担額の上限は8万7430円です。これが4か月以降になると、自己負担額の上限は4万4400円と低くなります。

また以前は、外来診療だと、とりあえず窓口で高額を支払わないといけませんでした。しかし、2012年度からは、外来診療でも「限度額適用認定証」などを提示すれば、月ごとの上限額を超える分を窓口で支払う必要はなくなりました。

問い合わせ先は、どの医療保険制度に加入しているかで変わります。被保険者証に、「○○健康保険組合」、「全国健康保険協会」、「○○共済組合」と書かれている場合は、記載されている保険者まで。被保険者証に「○○国民健康保険組合」と書かれている場合は、その国民健康保険組合まで。被保険者証に、市区町村名が書かれている場合は、記載されている市区町村の国民健康保険の窓口までお問い合わせください。

入院費が巨額でも、ひと月に5万～8万円で済むので、大変助けられました。同じ世帯の家族の医療費と合算すると、さらに安くなりますよ。さまざまなケースについては、窓口にて相談してみてください。

（70歳未満の場合）

| 所得区分 | 1か月当たりの自己負担額の上限 | |
|---|---|---|
| | 原則<br>（～３か月目） | 多数利用<br>（４か月目～） |
| 低所得者層<br>（市区町村民税非課税） | 35,400円 | 24,600円 |
| ～年収約370万円 | 57,600円 | 44,000円 |
| 年収約370万～<br>770万円 | 80,100円　＋<br>（医療費－267,000円）<br>×１％ | 44,400円 |
| 年収約770万～<br>約1,160万円 | 167,400円　＋<br>（医療費－558,000円）<br>×１％ | 93,000円 |
| 年収約1,160万円～ | 252,600円　＋<br>（医療費－842,000円）<br>×１％ | 140,100円 |

※厚生労働省保健局「保健局高齢者医療課説明資料（平成26年2月17日）」より。

## 2. 長期入院した場合の費用

まず、鹿児島で緊急入院した時に必要だった費用です。

・入院費（前出の高額療養費制度適用）
最初の3か月間は、月に8万400円。4か月目からは、月に4万3000円。

・病院食事代1食260円。
2016年4月からは、1食360円になりました。

・プリペイドカード1日1000円。テレビ・冷蔵庫・コインランドリーなどに使用できます。

病人だからと言っても誰も洗濯をしてくれません。週に2回、自分でコインランドリーを使います。洗濯機1回100円、乾燥機30分100円。30分では乾かないので、1時間200円。合計で、週に600円。わずかな額ですが、1年続けば3万1200円。

・家族の駐車場代1週間1000円。入退院時は、駐車場代は無料ですが、家族が看病に来てくれる時は、駐車場代やガソリン代がかかります。

・家族の飲み物・食べ物など1日約800円。

| | |
|---|---|
| 入院費（ひと月目） | 80,400 |
| 病院食（１食360円×30日） | 32,400 |
| プリペイドカード（1日1,000円×30日） | 30,000 |
| 家族の駐車場代（1週間1,000円×4週） | 4,000 |
| 家族の飲食費（1日800円×30日） | 24,000 |
| 合計 | 170,800 |

仕事の後に、付き添いに来てくれる妻の夕食のコンビニ弁当代が毎日かかります。合計17万８００円。

これが最低限です。

その他、症状などによっても異なりますが、私の場合は、

- 大人用紙おむつ（副作用で下痢気味のため）
- お薬を飲むための〝温泉水99〟
- 状況によって必要な食べ物。抗がん剤による味覚障害で食欲がない場合や、口内炎がひどくて固形物を口に入れるのがつらい場合など、乳酸菌飲料や、アルミパックから吸える栄養補給ゼリー、カロリーの摂れる高品質のバニラアイスクリームなども買いました。

こういった、もろもろも含めると、出費は月に最低でもトータル約20万円はかかります。

しかし1日1万円もらえる医療保険に入っていれば、月に30万円もらえるので安心です。長期入院になると、

支給額が1日5000円に減額されますが、それでも5000円×30日で15万円頂けるので助かります。

なお、体調が急変した時には、家族が泊まるための簡易ベッド代など想定外の費用が発生しますので、それに備えておくことも必要かと思われます。


それ以外に、骨髄移植をするとかかる費用が、
・骨髄移植コーディネート代
・ドナーの宿泊費
・骨髄の移送費
などです。これらは高額療養費制度の適用外なので、実費で約150万円かかりました。

しかし今までのは、あくまでも「入院時」編。「退院後」編が、本当の「大病と付き合っていく」ということなのです。

入っておけば
1日5000円の
入院費が
出たのに!!

## 3．失業保険がもらえない⁉

会社によって休職できる日数が異なると思いますが、僕は入院中に既定の休職期間をオーバーし、退職せざるを得なくなりました。失業保険の手続きをすべきだったのですが、当時は抗がん剤投与の真っ最中。自分のがんは治るのか？生き残れるのか？と命と向き合っている時に、失業保険のことまで、まったく気が回りませんでした。

退院しても仕事もなく、自宅療養中に、ふと「今、無職だから失業保険がもらえるのでは？」と思い立ちました。期待してハローワークに行ったのですが、結論から言うと、遅過ぎました。すでに保険金の受給資格を失ってしまっていたのです！

ハローワークで言われた、３つの受給資格は、

①　雇用保険に加入していた月が通算して12か月以上あること

つまり1年以上、働いていたことです。僕のような「特定理由離職者」だと、6か月働けば受給資格があります（離職の日以前1年間に、賃金支払の基礎となった日数が11日以上ある月が通算して6か月以上ある場合）。「特定理由離職者」とは、「正当な理由のある自己都合により離職した者」です。僕は抗がん剤治療中で病院から一歩も出ることができ

ず、退職しか道がない状況でした。「体力不足、病気、ケガでの離職」なので該当します。

② 失業の状態にあること

③ ハローワークに「求職の申込」をしていること

また「失業保険を受給できる期間は、通常、離職日の翌日から1年以内」となっていますが、「病気などですぐに働けない人」と定年退職者については、受給期間の延期が認められています。「病気など」とは、次のような状態です。

- 病気、ケガ
- 妊娠、出産、育児（3才未満）
- 親族の介護（6親等以内の親族と配偶者や、3親等以内の姻族）
- 海外に転勤になった配偶者に同行
- 公的機関の海外派遣、海外指導

このような状態で30日以上働けなくなった場合、働けなくなった日数だけ受給期間を延長してもらえるのです。延長できる期間は、最長3年まで認められ、本来の受給期間の1年を含めると合計4年までとなります。

そもそも失業保険金は、働く意欲があるのに働けない時に支給されるものなので、「病気など」で〝すぐに働くことができる状態にない〟場合は支給されません。しかし、回復するなどして働ける状態になれば、その旨を申請して失業給付を受けることができるようになります。

ところが、大きな落とし穴があったんです！

「延長を希望する場合は、離職日の翌日から30日経過後1ヶ月以内に、ハローワークへ行って手続き」をしなければなりません。僕の場合、離職した翌日6月3日から30日経過した7月3日から8月3日までの間に、延長の手続きをする必要があったのです。退院した8月3日は、ぎりぎりセーフ。しかし退院した当初、失業保険のことは、まったく考えてもみませんでした。

ハローワークで、

「あ、受給期間を延長していなかったんですね」

と言われた時は、

「いや、そんな、生きるか死ぬかの状態で、失業保険の延長なんて考える余裕ないですよ！」

と反論したくなりました。しかし公的機関は規定どおりの対応で、個別の事情は認められません。僕の無知のせいだ、と引き下がる以外ありませんでした。

入院している時、患者本人に「失業保険の延長手続きまで考えろ」なんて、はっきり言って無理です。「退職することになるかもしれない」という場合は、家族などの代理人が会社の総務部と事前に相談し、連携を取ることも重要だと思います。

このような例は、がん以外の大病や大けがでも発生すると思われます。もし本人が動けない時は、委任状を持った代理人がハローワークで手続きしておくだけで、受給資格があることになります。ぜひ、頭の片隅に入れておいてください。

ただ、「病気やケガが治って働ける」という証明のために、医師の診断書を提出するよう、ハローワークから求められる場合があります。一応、退院はしたものの、まだ自宅療養が必要などの場合は、「働ける」状態ではないと、失業給付を受けることはできないかもしれません。そこは、ハローワークの判断に任せるしかありません。まずは相談してみてください。

ハローワーク
フム
フム
代理人
手続きを
おねがい

## 4. 退院後、必要になってくるお金

僕は、2014年6月2日の時点で無職です。7月から、収入というものが皆無となりました。失業保険もない状態です。その前までは、健康保険の「傷病手当金」として、手取りで月28万円ほどの収入があったのですが。

さて、夫婦と幼児という、3人家族の支出を表にしました。左ページの表のように、概算ですが、生活費だけで合計24万8000円です。

医療費は高額療養費制度が適用されます。4か月目以降の4万3000円で計算します。それとは別に、鹿児島から福岡の九大病院まで月2回新幹線で往復すると約4万円。身体維持に必要な保湿剤・ワセリンなど薬剤代が約3万円。表の下部の治療費だけでも、約11万3000円。合計36万1000円になります。これが、退院後もずっと、無職の身にのしかかってくるのが現実です。

「お金が足りないから、お薬の回数を減らそうか」なんてことはできません。お薬を飲まないと……考えただけでブルブル！です。

「僕、病気で体力ありませーん。だから仕事やれませーん」
そんな泣き言ばかり言っていたら、家庭を守ることなど、できません。体力で勝負できなければ、知力・情報力で勝負するしかない！　どうやったら乗り越えられるか？　もう、必死です。パパは、家族を守らなきゃならないのです。

言っておきます。お金は、必要です。誰も助けてくれません。本当に、ご自分の家庭に落とし込んでください。大黒柱が離職せざるを得なくなり、「収入ゼロ・医療費毎月10万円」というのを想像してください。何か月、保てますか。大病を患った後に、なす術はないのです。貯金がなかったら、保険しかありません。

保険は、必ず見直してください。必ずです。

実体験のある僕だから、言えるのです。

**3人家族（夫婦・幼児）の支出表**

| | 内訳 | 金額 |
|---|---|---|
| 生活費 | 住宅ローン | 68,000 |
| | 食費 | 50,000 |
| | 水道光熱費 | 20,000 |
| | 電話料 | 20,000 |
| | 税金 | 15,000 |
| | 保険料 | 20,000 |
| | ガソリン | 15,000 |
| | 学費（お稽古代込） | 40,000 |
| 治療費 | 医療費 | 43,000 |
| | 新幹線代 | 40,000 |
| | 薬剤代 | 30,000 |
| 合計 | | 361,000 |

車・ガソリン代
保険代
保険証書
通院費
月2回
鹿児島↔福岡間
ENGLISH
子どもの学費

## 5. 生き残るための保険のかけ方

僕は、退職前は外資系保険の営業マンでした。白血病の発症直前に東京に行ったのも、成績優秀な営業マンとして表彰されるためでした。お客様に喜ばれる保険を、ずっと提案してきた自負はあります。

しかし、当時30代だった僕は、がん保険を甘く考え、入っていなかったのです。

今は既に退職していますが、友人知人、いや初対面の人にさえ、「がん保険に入った方がいいよ」と勧めています。本当に心の底から、その必要性を訴えたいのです。

がん保険未加入だった猛省をこめて、保険の見直し・かけ方をつづります。

たくさん貯金している人は別として、僕のような、ごく普通のサラリーマンが大病にかかった時、頼れるのは保険しかありません。

お金を気にしながらの治療では、病気に立ち向かえません。命と向き合えません。お金の恐怖は、命の危機よりも感覚的には上にあると思います。そのぐらい、お金というものは気持ちを追い込んできます。

生き残るための保険をかけましょう。退院後も、生活をしていかないといけないんです。お金は必要です。

「生き残るための保険のかけ方」を伝授します。まず今の医療保険の証券を、以下の視点で見直してください。

① 何日型かチェック。60日型、120日型など（がんは、無制限が必須。何日かかるかわかりませんから）。

② 1日の支給額をチェック。入院1日5000円、1日1万円など。高額療養費も考えると1日5000円でもいいのではないかと思う。しかし、高額の保険料を払う余裕がある人は、多いに越したことはない。

③ 一時金をチェック。一時金とは、三大疾病などにかかった時点で、すぐ支払われるお金です。三大疾病とは、おもに「がん（悪性新生物）・急性心筋梗塞・脳卒中」の3つで、日本人がかかりやすい病気の1〜3位とも言われています。この三大疾病で治療を行う場合、他の病気と比べて入院は長期化しやすい傾向にあります。僕のように緊急入院した場合、急にまとまった出費があるので、一時金がある特約にした方がいいに決まっています。この特約部分が高いのですが、一時金があれば、精神的にもか

なり余裕ができます。

現在の医療保険を見直す時に、がん保険に加入していない場合は、別途がん保険に加入することをお勧めします。

確率でいうと、2人に1人ががんになる時代です。「夫婦どちらかが、がん」という状態になることも考えられます。親族にがん患者さんがいる場合など、がん保険の加入は必須かと思います。

たとえば、僕が扱っていたF社の保険商品は、初めて悪性新生物（がん）と診断確定された時点で、最高300万円の一時金が一括で支払われる、一生涯のがん保険です。

支払われる保険金は、多いに越したことはありません。僕の考えでは、少なくとも300万円はあった方がいいと思います。

通常、一度がんにかかると、二度とがん保険には入れません。しかし、たとえばA社の保険商品には、がん経験者のためのがん保険もあります。

「満20歳～満85歳までの方で、がんの最終治療の日から5年以上経過しており、過去5年以内にがん（悪性新生物）の診断・治療を受けておらず、また、治療を受けるよう勧められていないこと、健康状態が当社の定める基準内であること」など、条件を満たしている場合に加入できます。

ほかの保険会社にも、がん保険はいろいろありますから、比較検討してください。子どもがいるなら死亡保障を厚くするとか、独身なら後にお金を残すより自分が病気やケガをした時の保障に重きを置くとか、個人のライフプランによって適切な保険は異なります。総合的なアドバイスをしてくれる営業マンと出会えたらいいですね。

## 6．がんなら、住宅ローンを支払わなくて済む？

銀行で住宅ローンを組むと入る「団体信用生命保険」とは、返済途中に契約者が死亡または、高度障害になり、その後のローン返済が難しくなった場合、保険金額で残りのローンを相殺するというものです。ほとんどの民間金融機関では借り入れの条件になっています。保険料は銀行の金利に含まれるため、別途保険料を支払う必要はありません。

「三大疾病保障付き」の住宅ローンもあります。一般的には、「悪性新生物（がん）と診断されたらその後の住宅ローンはゼロになる。急性心筋梗塞、脳卒中にかかり、その状態が60日以上継続したら、住宅ローンはゼロになる。就業不能状態が1か月を超えて継続したら、返済額の最長12か月を保障し、さらに就業不能状態が13か月を超えて継続したら、住宅ローンがゼロになる」というようなものです。

しかしこれは、保険会社の生命保険や医療保険とは異なります。あくまで一定の条件を満たした場合に、「残りの住宅ローンを支払わなくて済む」というだけで、入院や手術の際に保険金は出ないということです。

# 第四章

# 気持ちのやりとり

# 1．お見舞いでの禁句&言ってほしい言葉

妻が僕に向かって、

「がんばって」

とは言わないのが嬉しいと、前に書きました。

ほかにも病気に苦しんでいる患者がかけられて嫌な言葉があります。それは、

「大丈夫ですよ」

です。あなたに何がわかるんですか。僕がどれだけ苦しいか、何も知らないくせに、いいかげんなことを言うな！と感じてしまいます。すみません……。でも、僕以外の患者さんも、そう感じている人は多いのではないでしょうか。

良かれと思って言っているのに、という反論もあるでしょう。しかし、患者は生きるか死ぬかなんです。精神的余裕が本当にないんです！

逆に、僕が言われて嬉しかった言葉は、

「あなたがいてくれて良かった、ありがとう」

です。

入院していて、自分が社会の役に立っていないことがつらい。自分がいなくても、周りは変わらず動いていると疎外感を感じます。特に男性は、仕事をしたくてもできないことがつらいと思います。

そんな時、

「満尾さんのがんばっている姿を見ると、勇気づけられる」

「投稿してくれてありがとう」

などの言葉をかけられると、

「生きていて良かった。自分にも存在価値があるんだ」

と思えるんです。

何の気なしに口から発する言葉ですが、その一言が患者を苦しめることもあるし、癒してくれることもあるんです。

## 2. お見舞いにお勧めの品

病院のお見舞いと言えば、生花を想像される方も多いかと思います。しかし、近年では、生花は、感染症の恐れがあるため、持ち込み禁止の病院も増えています。特に免疫が低下した僕と同じような方には生花は厳禁なのです（せっかく持ってきてくださった方、申し訳ございません。お気持ち嬉しかったです）。

大切な人に鮮やかな花を贈って少しでも明るい気持ちになってもらいたい。そういう時ありますよね。個人的なのですが、頂いて嬉しかったものにプリザーブドフラワーがあります。無菌病棟にいると、完全に外界からシャットアウトされます。暑さ寒さを感じることもなく、風や季節の匂いとか普通なら味わえていた当たり前の生活から、長い期間遮断されてしまいます。普段は、植物にもそう興味のない僕でしたが、鮮やかなプリザーブドフラワーに心が癒され、たくさんの元気をもらいました。知り合いの家元・Y先生が元気が出るように特別にパワーを込めて届けてくださったというのもあるのでしょうけど。特別な薬品を使用し、水がなくても美しいまま保存できるそうです。

枯れない花、命と日々向き合っている僕には、縁起のいいプレゼントでした。

また、抗がん剤の副作用で熱がある時に、冷たいアイスキャンディーや果汁100%ジュースも嬉しかったです。好みにもよりますが、僕はオレンジ味のさっぱりしたアイスキャンディーが気に入りました。妻が、よく買ってきてくれました。ただ、病室には冷蔵庫がないので事前にアイスキャンディーなどを持参していいか、患者さんやご家族に確認した方がいいと思います。溶けてしまうから、と無理に食べるのもよくないので。

感染症対策にもなるお花、プリザーブドフラワー。無菌病棟に癒しをくれました。

# 3.いかに孤独な気持ちを避けるか

今まで書いてきた、副作用による痛みや気分の悪さは、どうにか切り抜けられます。実は、最大の敵は、不安感なのです。これは、己れの心が決めます。

入院し、特に無菌室にいると家族すら面会できない時があります。外から菌を持ち込む恐れがあるからです。誰にも会うことができないし、仕事をするでもない状態。自分がいてもいなくても、世の中に影響ないんだな……。そう感じると、さみしくてたまらなくなりました。

しかし、白血病で入院中という、またとない体験。これをブログやフェイスブックで発信しよう!と思ったのです。副作用の「脱毛」の項で書いたように入院中は坊主頭でした。あえてその坊主頭で撮影し、カラーの名刺をつくりました。キャッチフレーズは「生きる。満尾圭介」と。

一時退院した時などに、これで名刺交換すると、たいていの人は「えっ、白血病なんですか?」とびっくりされます。フェイスブックを後日見られて申請がきて、だんだんお友達が増えていきました。僕が治療している状態をシェアしてくれる人も増え、一度も会ったことがない方から励ましのメッセージを頂くこともあります。

福岡の九大病院の無菌室にいたある日、スマホにメッセージで「外見て」って。のぞいて見ると、外で友達が手を振ってくれているんです。病室には入れないけれど外からの応援！　感動し、その様子を撮影して、フェイスブックにアップすると、たくさんの「いいね！」が。

病室を見上げてパフォーマンスを披露してくださる方もいて、感動して動画を撮影せずにはいられませんでした。

全国のいろんな方から毎日のようにお守りが送られてくることもあります。お会いしたことがないのに、わざわざ病気平癒のため、神社に祈願に行ってくださったうえ、病院あてにお守りを送ってくださるのです。「フェイスブックで友達がシェアしていたから」、僕を知ったそうです。たくさんの支えを感じる毎日。お守りを点滴台にずっと飾っておきました。

お守りが増えるにつれ、「安らぎの点滴台」へと変身しました。このお守りに込められた祈りのおかげで、これまで乗り越えられたのです。

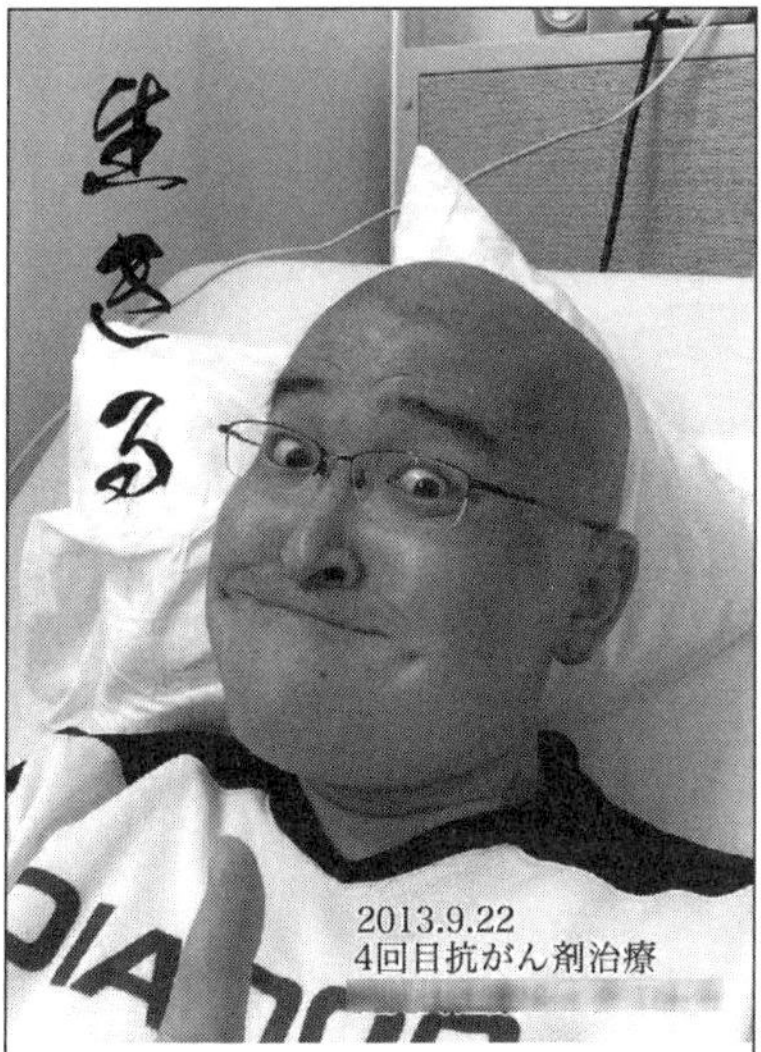


満尾圭介

みつお けいすけ【戦歴】

❖2013年3月25日(月)
急性骨髄性白血病発症

❖同日、妻(家族)・会社に報告
「病気になってごめんなさい」
しか言葉が出てこなかった

❖入院生活
抗がん剤治療…山あり谷あり
崖あり…凹む毎日…
でもお父さんは、やり残したことがある！
**まだ龍星のランドセル姿を見ていない！**

❖発症から「**186日目**」、余命1ヶ月を乗り越えて、**退院許可!! 社会復帰!!**

❖2013年9月27日(金)
満尾圭介　第二章幕開け

感謝

「生きる」と大きく書いた、顔写真入りの名刺。

## 4. SNSってすごい！　窓の下でのサプライズ

日本骨髄バンクに登録し、適合するドナー様を待っていたところ、やっと見つかりました。これでひと安心です。しかし、骨髄移植を受ける日の前日の精神状態は、「もし明日、移植が成功しなかったらどうしよう……」

精神的に追い込まれる中、突然、ピコーン！とスマホにメールが届きました。

「ミッチー、下、見てみて！」

窓から下を見ると、2人が手を振っています。大きな横断幕には、「チーム吉田参上！　よしだ夏祭りに来い！」

鹿児島の友達です。無菌病棟に入れないことを知っているから、高層階にある病室からでもよく見えるように、大きな横断幕を手づくりしてくれました。明日が移植だと知って、わざわざ鹿児島からかけつけてくれたのです。

その時「必ず、チーム吉田に入る。最大限のチカラで恩返ししたい！」と決意しました。

今、チーム吉田こと「かごしま市商工会　青年部　吉田支部」の一員になっています。たくさんの支えの中で、今、僕は生きています。本当にありがとうございます。

骨髄移植を受ける前日、わざわざ応援のためにつくってくれた横断幕。涙がとまらない…。

フェイスブックというＳＮＳの存在が、僕の入院生活を大きく支えてくれたのは事実です。抗がん剤の副作用がつらくてつらくてたまらない時、「元気玉ください」と投稿。すると、瞬く間に１００人単位で「元気玉送るよ！」とメッセージを書き込んでくれます。無菌病棟での日々をＳＮＳで発信すれば、お友達がシェアしてくれ、それを見た、会ったこともない方々から続々とメッセージが届いたのです。「応援しています」だけではなく、フェイスブックでの友達申請が相次ぎ、驚きました。

お見舞いに来てくださっても、感染予防のため会って話をすることはできません。皆さん、入院棟を見上げて、メールで知らせてくれます。11階の窓から見た友達の姿をスマホで撮影し、フェイスブックに投稿しました。

そんな中、抗がん剤治療21日目の２０１４年11月16日のこと。体がきつくて朝からずっと横になっていました。しかし夕方、ピコーン！とスマホにメッセージが届いたのです。前職でお世話になったE子さんでした。

「満尾さん、九大病院に来ちゃいました。m(__)m　みんなの書き込みを見ながら来ているのですが、どこに行けばお逢いできるのでしょうか？　きつかったら、本当に無理しないでくださいね」

ガラス窓から下をのぞくと、E子さんの姿が小さく見えます。僕が手を振ると、E子さんは下を向いてメッセージを入力し、上を向いては手を振って……。もう、涙があふれて仕方がありません。

せっかくの休日なのに。福岡に用事があるわけでもないのに。わざわざ、お見舞いに来てくださったのです。直接、言葉を交わしたわけではなく、手紙のような手書き文字でもありません。スマホのメッセージという、無機質な文字だけのやりとりです。

でも、つながっている……。

つながれる！

「病は気から」ということわざを実感しました。

実は、その日は体調がすぐれないことを言い訳にして、夕方になっても歩数計の数字が、わずか300歩。抗がん剤に耐えうる体力づくりのために、1日1万歩は歩くことを課しているのにも関わらず。自分に甘えておるぞ、満尾圭介。がんばれや〜!!　こんなに支えてもらっているのだから！

E子さんは、僕が前職での新入社員研修時に、かなり面倒をみていただいた先輩です。あれほど支えていただいたうえに、会社を辞めて何年も経つのに、これほど応援してくださるなんて……。

SNSのおかげで、長年疎遠だった友人とも、友人の友人とも、つながることができました。「独りぼっちじゃない。みんなとつながっている」という実感が、どれほど心の支えになったかわかりません。

その1か月ほど後の12月25日。骨髄移植のドナーを待ちながら、再寛解導入治療60日目。実は45日目を過ぎた頃から、皮膚障害が日に日に悪化してくるのがわかります。

お昼少し前に、心友Oから電話がかかってきました。

「ねぇ、ミッチーの病院の窓から、駐車場の屋上見えるとこあるでしょ」

そこで病室から廊下に出て、その窓へ移動。下を見ると、なんと、トナカイが手を振っている！　心友Oでした。

彼は昨日のクリスマスイブに、自宅からわざわざ1時間半もかけて、プレゼントを持ってきてくれたんです。それも、2か月も工房にこもって作ってくれた釣り竿。もう、こりゃ幸せ過ぎるなと思っていたのに、今日もまた？　すると、

「メリークリスマス！　でも、今日はミッチーに逢いたいって人も来てるんだ！」

サンタ姿のお嬢様が2人。

「満尾さんがクリスマスを幸せに過ごせるようにと思って、来ちゃいました」

は？

は？

鹿児島から？　新幹線に乗って？　３人でたくさんたくさん、手を振ってくれています。もう限界です。気持ち、あふれ出てて。涙が止まりません。

３人とも初対面だそうです。なんなんだ？　この天使のような方たちは？

「それでは、またね〜」という感じで、病室へ戻りました。するとテーブルの上に、クリスマスプレゼントが置いてあるんです。

もう涙腺が……。涙が止まりません……。ありがとう。なんて、ありがたいんだ。幸せとしか言えない。

よく見ると、僕あてのプレゼントだけじゃない。先に書きましたが、骨髄移植を受けた19歳のSちゃんのことを昨日、フェイスブックにアップしたのです。そのSちゃんあてのプレゼントまでが用意されていたのです。

ありがとう。本当にありがとう。僕は、今日という日を絶対忘れない。素敵なプレゼント。

僕は、幸せです。このお嬢さん方は、初対面なのに鹿児島中央駅に朝から待ち合わせて来たそうです。無菌病棟へは入れないけど、廊下の窓からは見ることができるというのをフェイスブックで見て、来てくれたのです。

心友のOは毎週、必ず何か必要なものを運んできてくれる。

大好きです。

大好きです。

この世に生まれてきて、本当に良かった。生きていることに感謝です。

僕が白血病と闘った８３２日間、応援してくださったすべての皆様のおかげで病に勝てました。本当にありがとうございます。

# あとがき

２０１３年3月25日に緊急入院し、２０１５年7月４日、骨髄移植が成功して退院しました。九大病院の若い医師から言われた言葉が、

「満尾さんは抗がん剤の副作用で、つらいはずなのによく我慢している。その精神力がすごい！　どんな医師の努力より、患者様ご本人の『生きたい』という気持ちが大切なんです。満尾さんは、思いの強さを感じます！」

抗がん剤の副作用がどれほどつらくても、乗り越えて生きたいんです！　龍星のランドセル姿が見たいから。家族を安心させたいから。そんな思いで白血病と闘った８３２日間。余命宣告を覆した僕のやったことを皆様の役に立てていただきたい！と、本の執筆を始めました。

ところが発行目前の２０１８年2月、白血病ではなく、他の病に冒されたことが発覚しました。脳にダメージを与えていく病気で余命宣告を受け、今も闘病生活が続いています。しかし、出版にあたり「がんでも生き残る。」というタイトルは変えません。僕が、がんに勝ったのは、まぎれもない事実なのですから。

白血病の治療を支えてくださった主治医はじめ医療スタッフの皆様に、感謝申し上げます。フェイスブックで元気玉を送ってくれた、何百人ものお友達の皆様、本当にありがとうございます。長年の友人から面識のない方まで、心のこもったコメントをいただき、どれほど励まされたか忘れません。これからもずっと、お友達でいてください。クラウドファンディングにご協力くださった個人や企業の皆様も、ご支援ありがとうございます。この本の出版に携わってくれた、すべての方々に感謝申し上げます。

そして、誰よりも献身的に看病してくれる妻の夏絵、本当にありがとう。君が龍星を生んでくれたおかげで、踏ん張ることができました。龍星、パパは、たくさんのひとにささえられているんだよ。いっしょにママをまもろうね。パパはこれからも、がんばるから。

この本を手にしてくださった皆様の、健康で幸せな暮らしを心から願います。

満尾 圭介

2018年2月

# 家族より感謝を込めて

著者である満尾圭介の弟、晋介と申します。
この度は、兄の本を手にとり最後まで読んでいただき、誠に有難うございます。
家族一同、心より感謝申し上げます。

そもそもこの本を出版できたのも兄・圭介のことを想い、がん患者とその家族のことを真剣に考え出資していただいた皆様のチカラがあってこそです。

2018年1月18日、『クラウドファンディング』というインターネット上で多数の人から資金を募るサイトで本の出版にかかる費用を募り、設定金額400万円を大幅に超え、無事に達成することができました。家族としても本当にお金が集まるのかと心配していたのですが、フェイスブックを通じて一気に情報が拡散し、信じられないスピードでお金が集まりました。皆の想いが一つになった時、想像を絶するチカラが巻き起こるのだと、そして何より、「人ってあったかいね」と身にしみて感じ、家族で涙しました。改めて出資していただいた皆様、本当にありがとうございました。

さて、あとがきに触れたように現在、兄は、新たな病と闘っています。クラウドファンディングで資金を募った1か月後の出来事です。

病名は、『進行性多巣性白質脳症』。脳にダメージを与えていく進行性の病気です。難病指定されており100万人に1人という非常に稀有な病で、家族が集められ担当医師から余命3か月と宣告を受けました。白血病の再発を怖れていた中、「そっちか……」と本人も家族も落胆したのが正直なところです。

しかし、どんな状況に置かれたとしても兄・圭介は、生き残るためにあらゆる手段を尽くします。今回もそうです。本のサブタイトルでもあるように余命宣告を覆した奇跡の実話を成し遂げるために、本人は日々、懸命に生きています。

今後とも皆様、兄・圭介の応援、どうぞよろしくお願い申し上げます。

最後に、兄へ「本を読んでいただいた皆様に今、何を伝えたいか？」聞いた答えをお伝えさせていただきます。

**「元気になりたい　がんばりたい」**

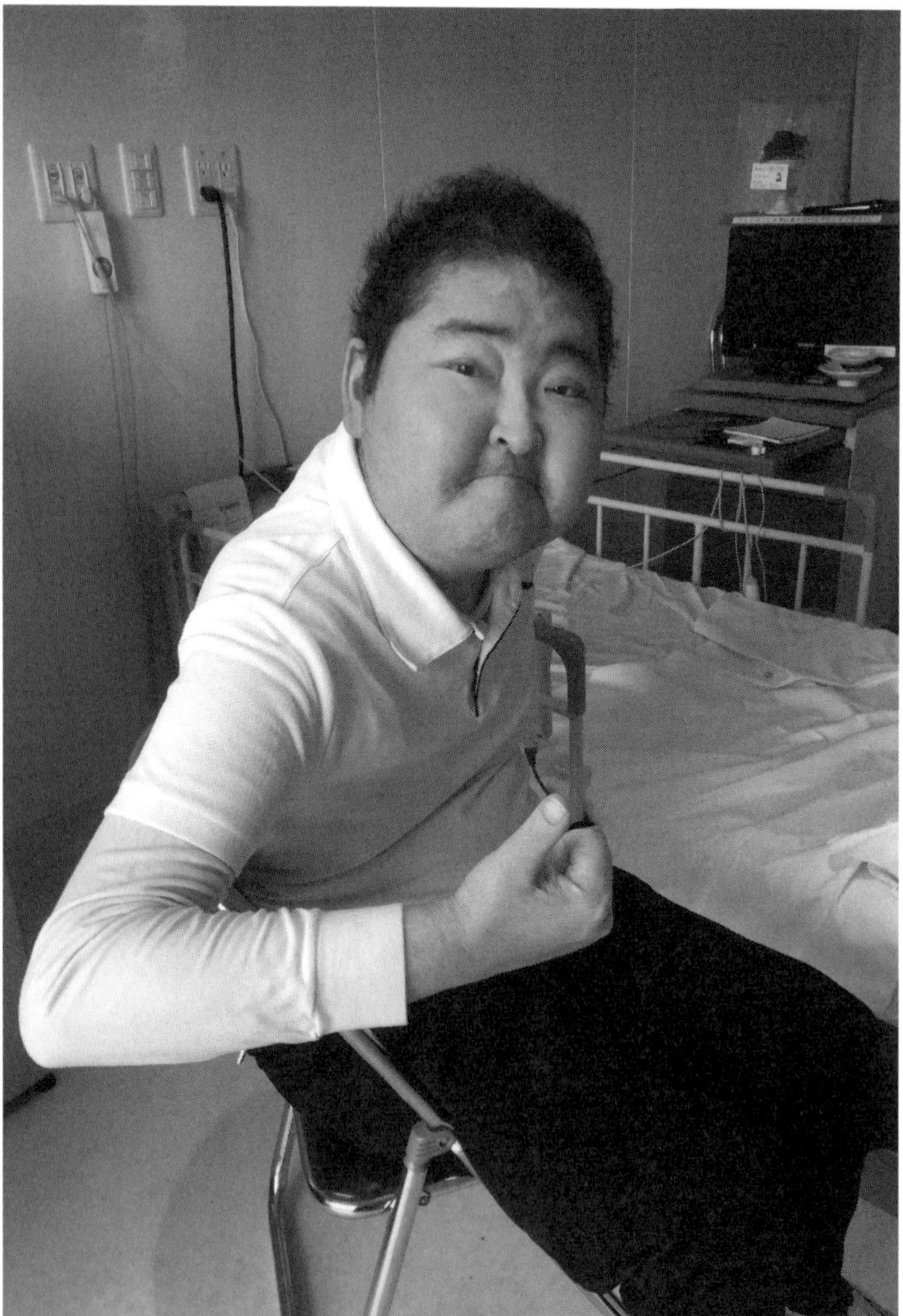

2018年 3 月18日。九大病院より転院した、鹿児島市内の病院にて撮影。

【本の出版にあたり支援して頂いた法人】

●南国殖産株式会社
●株式会社ヒューマン・クレスト
●株式会社森建設
●エスオーシー株式会社
●株式会社立野事務所
●松本敏彦（太陽）様
●瀧本光静　様

クラウドファンディングで、337件の法人・個人の皆様からご投資いただき、この本の発行資金とさせていただきました。ご協力に、心から感謝申し上げます。

1975年1月18日、鹿児島県生まれ。
38歳の時に急性骨髄性白血病と診断され緊急入院。完全寛解して退院したが、後に再発、再々発。骨髄移植を経て無事寛解し現在に至る。

がんでも生き残る。—余命宣告を覆した奇跡の実話—

---

2018年5月27日発行

著　　者　満尾圭介
発 行 人　福永成秀
発 行 所　株式会社カクワークス社
〒150-0043　東京都渋谷区道玄坂2-18-11　サンモール道玄坂212
電話　03(5428)8468　ファクス03(6416)1295
ホームページ　http://kakuworks.com

編集協力　中村香織
装　　丁　なかじま制作
イラスト　ウエハラナオミ
D T P　スタジオエビスケ

---


ISBN978-4-907424-21-3